JN099798

神殻戦姫
アージュスレイブ
～淫紋に堕ちるエルフ姉妹～
小説：筑摩十幸　挿絵：umiHAL　原作：桜沢大

登場人物紹介
Characters
リリーナ／アージュフラム
エルフィーヌ聖皇国にて守護騎士団を率いるハイエルフの姫。神殻戦姫アージュフラムに変身し、正体を隠してゴブリンたちと戦う。
ヒルデガルド／アージュシエル
エルフィーヌ聖皇国法皇妃のハイエルフ。リリーナの姉で、神殻戦姫アージュシエルに変身。戦いで夫を亡くし、現在は国の統治に尽力している。
ククルシア
聖皇国で祀られる星界の巫女。見た目は幼いが、古代遺跡の力を司る神秘的な少女。
ゾドム
ゴブリン族の長。古代遺跡の技術を狙って聖皇国を襲撃する。
ゲドルフ
エルフィーヌ聖皇国の枢機卿。人間族としてヒルデガルドを支えるが…。

第一章　虜辱のリリーナ編

深い森に包まれたエルフィーヌ聖皇国。そこではエルフと人間族が共存し、平和的に繁栄していた。魔力と知恵を持つエルフ族と、適応力と商才に優れる人間族は、互いの欠点を補う形で融和し、今では大陸でも一、二を争う豊かな国となっていた。

その豊かさの中心が『アーシェ』と呼ばれる古代遺跡だ。遺跡から掘り出される鉱物、魔法具は余所では入手困難な貴重品であり、非常に高い値段で取引されていた。

だが豊かさは欲望を生み、欲望はさらなる富を求める。それは人間でもエルフでも、はたまた他の種族であろうと変わりはない。欲望の巨大な渦が回り始める時、それにリンクするように何者かが目覚めようとしていた。


遺跡を見下ろす丘の上に不気味な一団があった。夜明け前の深い闇の中に、いくつもの紅い目がギラリと光を放っている。

「ゆけい、我が兵たちよっ。遺跡の技術を奪うのじゃあ」

「ハッ、ゾドム様！　ギギギィィ～～～～ッ！」

ゾドムの命令を受け、仮面をつけた黒ずくめの小鬼たちが遺跡の入り口に向かって殺到する。人間の子供くらいの小柄なゴブリンだが、手には剣やナイフなど鋭い凶器が握られていた。

「そうはさせないわよ、穢らわしいゴブリンども」

その時、エルフの守備隊が立ちはだかる。先頭に立つのは金髪のうら若いエルフの少女剣士だ。

「貴様、リリーナ姫か。じゃがそれだけの兵で何ができる？」

ゾドムが勝ち誇ったように嗤う。ゴブリン軍団は百匹以上だが、対するエルフの守備隊はわずかに一〇人ほどなのだ。

「フン、アンタたち下等種族なんか私ひとりで十分よ。蹴散らしてやるわッ！」

挑発的な笑みを浮かべると、猛禽のごとく猛然とダッシュする。

「ギギギィッ！　馬鹿め、ひとりで突っ込むとは」「ブチコロスゥゥッ！」

悪鬼の群れがリリーナに向かって飛びかかる。その様は殺意に満ちた黒い津波。個々は小さくとも数の圧は侮れない。

「うわ、姫様、危ない！」「援護だ、援護！」

弓矢と魔法弾がリリーナ姫の頭上を飛び越えて、ゴブリン軍団の先鋒に着弾した。

ズドドドドドドオォッ！

「ギイイィィ〜〜〜〜〜〜〜〜〜〜ッ！」

皇女を守る壁のように爆炎が噴き上がり、ゴブリンの侵攻を押し返す。

「てりゃあぁぁっ！」

怯んだところに、楔のごとく斬り込むエルフの姫騎士。多数を相手にしても一歩も退かないその勇姿は、まさに闘いの女神といったところか。

「私の国から出ていきなさいッ！」

「グワッ」「ギャアアッ！」

鋭い剣先がゴブリンたちの腕や脚を斬り刻み、健康的な太腿が接近してきたゴブリンを蹴り飛ばす。さらにはポニーテールも鞭のようにしなって敵の目元を薙ぎ払って視界を妨げる。身体の隅々まで一寸の無駄もない、文字通り一騎当千の連続攻撃だ。

「グゲェェッ！　つ、強すぎるぅっ！」

たちまちゴブリンの軍勢は大崩れとなった。わずかひとりの姫騎士に対して、這々(ほうほう)の体(てい)で逃げ始める。

「このエルフィーヌ第二皇女リリーナ・エンゲルンがいる限り、お前たちの好きにはさせないわっ」

ポニーテールにまとめたブロンドをたなびかせ、颯爽と勝ち名乗りを上げるエルフの姫。敵を見下ろす真紅の瞳は宝石のように輝き、ツンッと尖った長耳と鼻筋は気位の高さを示している。さくらの花びらのような唇から放たれる美声はしかし、勇ましく敵を圧倒するのだ。

「おお。さすがリリーナ姫様」

「突っ込みすぎるのはアレだが、やっぱり強い」

エルフの兵士たちは自分より歳下の指揮官を、尊敬と羨望の眼差しで見つめた。

紅い軽装服を盛り上げる双乳はたわわに膨らみ、鍛えた腹筋が生み出すウエストは見事なまでにくびれている。腰から太腿にかけてのラインは女性らしい丸みに加えて、シャープな健康美が溢れ出していた。強さにおいても美しさにおいても、エルフィーヌ皇国軍を象徴する中心的存在なのである。

「おのれぇ、リリーナ姫。ならばこれはどうだ⁉」

「ブモォオッッ！」

姿を現したのは巨大な斧を持つ牛の怪物ミノタウロスだ。身長はリリーナの倍以上、体重も牛一頭分はあるだろう。歩くたびにズシンッと地響きがするほどだ。

「いいわ、相手をしてあげるっ」

先手必勝で斬りかかるリリーナ。

一気に間合いを詰めて超高速の斬撃を叩き込む。だが……。

「あっ⁉」

敵は普通のミノタウロスではなかった。傷口からは金属のパイプや装甲がのぞき、メタリックな光を放っている。その強固な装甲に弾かれ、ダメージを与えることができない。

「これは機械⁉　遺跡の技術を使ったのね？」

「ブモォオォッ！　その通りだ。我らが聖地を返せぇぇっっ！」

反撃の戦斧を超高速で振り回すミノタウロス。発生した竜巻がリリーナを襲った。

ゴオオオオオォォォォォォォオッッ‼


「危ない、リリーナ様！」

「きゃぁぁぁぁぁあっ！」

岩を抉り、樹木を切り倒す。凄まじい暴風にエルフの皇女は吹き飛ばされてしまった。

「ヒャヒャヒャッ！　見たか我が機獣の力を！」

「ああ、姫様が……」

濛々と立ちのぼる土煙で、リリーナの姿は見えない。跡形もなく消し飛ばされてしまったのだろうか？

（なんてね。わざと喰らったのよ）

リリーナは少し離れた木陰に身を隠していた。

「相手が機獣なら、手加減は無用ねッ。変身して一気に片をつけてやるんだから。ジン、きてっ！」

気合いを入れて拳を突き出し、精神集中。

「はいはい、姫様、お呼びで」

白いキツネのヌイグルミのような妖精が現れて、リリーナのそばにピタリと寄り添う。

「よぉし、いくわよ！　アインド・リーゲン！」

シュパアァァァァァァッ！

心と心、身体と身体が重なりあう。リリーナの甲冑が光の粒子となって周囲を舞い、マスコット妖精の身体が一瞬、少年の姿になってから消えた。辺りを虹色の空間が包み込んでいく。そこへ……。

「リリーナ姉様ぁっ」

「へ？」

　虹色空間に穴を開けて、コック帽とエプロンを身につけた幼い少女がトコトコと駆け寄ってきたではないか。

　桃色の髪や太めの眉には年相応の幼さが見て取れる。胸の膨らみもささやかで、腰のくびれもほとんどない。神秘的な翡翠色の瞳はいたずらっぽい笑みを浮かべて、同性のリリーナから見ても愛らしいと思うのだが……。

「わ、ククルシア様!?　どうしてここに？」

「私、今おやつ作りに凝ってまして、『鯛焼き』というモノに挑戦してみましたの。美味しく焼けましたのでぜひ姉様に食べていただきたくて、とんできちゃいましたの」

　ククルシアがニコニコ微笑みながら、どこからともなく取り出した魚の形をした焼き菓子をリリーナに手渡そうとする。作りたてなのだろうか、温かそうな湯気まで立てて、甘い匂いが変身空間に広がった。

「ちょ、ちょっと。今は変身（バンク）の最中だから。後にしてもらえると嬉しいんですけど」

「ええ～っ。せっかく焼きたてなのにぃ、残念ですの」

　恨めしそうな上目遣いで柔らかそうな頬をプウッと膨らませ、可憐な唇を3の形に尖らせるククルシア。

「ご、ごめんなさい。終わったらいただきますから」

「わかりました、約束ですの～」

納得したのか、ククルシアはきた時と同様に、虹色空間から唐突に姿を消した。

「調子くるうなぁ。ってそれどころじゃない。ジン、続きよ！」

「了解です。リリーナ……姫様ッ」

（うあぁ……ジンの声が……私の中から……響いてっ）

凄まじいエネルギーの奔流が全身の血管と神経を駆け巡り、恍惚が脳内を埋め尽くす。

仰け反る細腰に、強張る指先に、反り返る爪先に……光のリボンが螺旋状に巻きついてくる。さらにリボンは乳房を上下左右から挟み込み、プリッとしたお尻にピタァッと張りついて真紅のスーツと化した。

（すごいこれ……ああ……身体があつい……ッ！）

全身の細胞一つ一つがビリビリと歓喜に震え、目の前が桃色に染まる。その強烈な高揚感が、やがて灼熱の閃光となってリリーナの身体を縦一直線に貫く。目元を紅いマスクが覆って……。

「閃烈にして流麗！　神殻戦姫アージュフラム、ここに推参！　聖地を穢す邪鬼ども、正義の前にひれ伏しなさいっ！」

天使が降臨するかのように大地に降り立つアージュフラム。

「あれは神殻戦姫⁉」

「オオッ！　神殻戦姫がきてくれたぞ」

その神々しい姿に、敵も味方も時を忘れて見入っていた。

「グ、グヌウ、出たな神殻戦姫。いでよ、仮面兵ども！」

ゾドムが杖を振りかざして絶叫すると、

「ギイィィッ！」

三十人近い仮面の兵士たちが新たに現れ、一斉に飛びかかった。

「数を頼みの抵抗など無駄と知りなさいっ、てりゃあぁっ」

気合いの咆哮とともに、炎を噴く剣がアージュフラムの手の中で実体化した。

「はあぁぁっ！」

ギュンッ！　バンッ！　ザンッ！　ズバァンッ！

「グギャアァ〜〜〜〜〜〜〜〜〜〜〜〜〜〜〜ッッ！」

ズドドドドォォォンッ！

出現した仮面兵どもを一撃で瞬殺し、ミノタウロスとの距離を詰める。変身したアージュフラムにとって、仮面兵などザコどころか、路上の小石ほどの存在でしかない。

「ブモォッ！　舐めるなぁ！」

二本の角から青白い電撃が放たれ、鞭のようにしなって戦姫に襲いかかる！

「そんなものにやられるものですか！　ヴィルヴェルベントッ！」

ドギュゥウンッ！

緑色の旋風がフラムの肢体を包み込む。しなやかな太腿が生み出す凄まじい加速で左右に素早く跳躍したかと思えば、鋭いターンで切り返し、ダンスを舞うような華麗なステップを踏む。

電撃はまったく追随できず、時折足元に火花を散らせるが、それはむしろアージュフラムの美麗さを引き立てる役にしかならなかった。

「ぐっ……なぜ当たらん……ッ」

金髪のポニーテールが流星のように光の尾を引いてたなびき、機獣との距離は一気に狭まっていた。

「遅いのよ。焼き方はミディアムでいいかしらッ？」

剣の輝きが一際勢いを増し、ゴオッと紅蓮の炎を噴き上げた。連動するようにバイザー越しの紅瞳がキラリと輝き……、

「っはあぁぁっ！　闇から這い出した亡霊よ、虚無の深淵へと帰りなさぁいっ！　必殺、クロォーツ・フォーミングッッッッ!!!!」

ズザァアアアアンッッ！

超高速の斬撃が屈強な機獣の胴体に撃ち込まれる。あまりに速く一回の攻撃に見えるが、それは縦切りと横切りの複合なのだ。

「ぐわぎゃあああぁぁぁぁっ！」

グワァアッ！　ズドォォォンンッッ！

頭から股間までと、腹部に横一閃。合わせて十字の斬光を刻まれた機獣は、断末魔の絶叫とともに爆発四散した。

「ぬぬぬ、覚えておれ、アージュフラム！　撤退じゃぁ！」

ゴブリン軍は潮が引くように逃走していった。

「フフン、機獣といっても私の前じゃ所詮はザコね。弱すぎて話にならないわ」

余裕だと言わんばかりに美しいポニーテールの金髪をサッと梳き上げ、可憐な唇が不敵な笑みを浮かべる。そこへ……。

「あの……神殻戦姫……殿」

「助けてもらった礼は言うが、貴女には遺跡技術の無断使用の疑いが……」

「ああ、もう、面倒くさいな……」

硬い表情の兵士たちが近づいてくるのを見て、仮面の美貌を曇らせるアージュフラム。

神殻戦姫は国民には歓迎されているが、騎士団や教会からは教義に背く者として厄介者扱いされていた。戦姫の強力すぎる力が禁忌の力であるという理由からだが、半分はやっかみだろう。正義の剣士でありながら、マスクで素性を隠さねばならないのはそのためだ。

「おいっ！　ま、待て！　姫様をどこにやったっ？」

「見回りご苦労様。さよならっ！」

追いすがる声を無視して、アージュフラムは空へと飛翔し、姿を消した。

「ああ、いってしまった」

「一体何者なんだ？」

兵士たちが呆然と空を見上げていると……。

「みんな、無事だった？」

神殻戦姫と入れ替わるようにしてリリーナ姫がひょっこり姿を現す。

「リリーナ様、ご無事で何よりです！　我々もかすり傷程度です」

「今、神殻戦姫が現れて、ゴブリンを撃退してくれたのですが……」

「ふぅん。まあ、細かいことはいいんじゃない。敵は倒したのだし、ね」

「まあ、それもそうですね……」

「さ、早く戻らないと。お昼ご飯に遅れちゃう！」

まだ釈然としない兵士たちを後に、リリーナは走り出した。


その頃、とある場所に密かに作られた闇の地下祭壇にて。

「おのれ、おのれ、おのれぇ、神殻戦姫め。またしても儂の邪魔をしおってぇぇぇ！　ゆるさん、ゆるさんぞぉ！」

ゾドムが憎々しげに床を杖でドンッと叩いた。

ゾドムは百五十歳を超えるゴブリンシャーマンである。皺だらけの顔を憎悪に歪め、ギリギリと歯ぎしりする。

「揃いも揃って役立たずめ！　ズォム神復活のためには、もっともっと遺跡の力が必要じゃというのに、使えない連中ばかりじゃ」

　バリバリバリィィッ！

　怒りを込めた杖から電撃が迸り、地下祭壇の壁や天井に激しく火花を散らした。慌てた仮面兵たちは「ギイギイィィ」と悲鳴を上げながら右へ左へ逃げ惑う。

「アージュフラム……あの生意気なデカ乳女めぇ……思い出しただけでこの目が、アイツにやられた古傷が痛む……ぬおおお……いつか裸にひん剥いて、儂のマラをぶち込んで、一匹の牝だということをわからせてやるわいぃ」

　機械化された紅いレンズの目をギラギラと光らせるゾドム。狂気じみた表情に手下の仮面兵たちもたじろいでいる。

「ククク ッ……お困りの様子だな」

　その時漆黒のローブを纏った影のような男が現れた。

「むぅ……な、何者じゃ、お前はっ？」

「力を貸してやろう。もちろん見返りはいただくがな。グフフフ」

　野太い不遜な笑い声が闇の中で響いた。


　翌日。

「リリーナ姫様」

「ゲドルフ……枢機卿」

リリーナを呼び止めたのは枢機卿のゲドルフ、皇族に次ぐ権力を持つ人間の男である。

かつては遺跡「アーシェ」の利権を巡って人間とエルフが争うこともあったが、現在では共存の道を歩んでいた。リリーナたちハイエルフである皇族の下に十人の枢機卿が置かれ、バランスを保つという意味もあって人間とエルフが半数ずつその職に就いている。エルフと人間は比較的良好な関係を築いていたが、中にはゲドルフのように人間による遺跡の独占を目論む『人間主義者』もおり、リリーナにとっては虫が好かない人物であった。

「今日もまたお美しいですな」

「何の用よ？」

胸元に注がれる粘着質の視線を無視し、冷たい声で応じるリリーナ。

「また神殻戦姫が現れたそうではないですか」

「それが何か？」

「アイツは遺跡の力を勝手に使う背信者ですぞ。放置するワケには参りません。そのうち捕らえてやりますぞ、必ずっ。フフフッ」

脂肪の谷底に沈んだ細い眼がギラリと不気味に光る。

「そう。せいぜい頑張ることね」

顔を見ているだけで気分が悪くなり、話を切り上げて立ち去ろうとすると、

「そう言えば、ヒルデガルド様はお元気ですかな」

脂ぎった顔をテカらせながら、なおも食い下がってきた。

「……お姉様はお元気よ」

「それはよかった。そろそろ再婚を考えられてもいい頃かと思いましてね。国の将来のためにも……」

「再婚って……エルフでもないあなたには関係のないことよっ」

この男は無礼にも姉との結婚を目論んでいるのだと思うとカッと頭に血が上った。

「高貴なハイエルフの血脈に、下賤な人間の血は必要ないのよ！　わかった？」

怒りも露わにリリーナは早足でその場を後にした。廊下の角を曲がるとすぐジンが現れる。

「リリーナ様、今のは……」

「ジン……あ、あなたは別よ、人間にもいい人はいっぱいいるってわかってるわよ」

妖精にたしなめられ、慌てて弁解するリリーナ。他人にジンは見えないので、独り言を言っているように見えるかもしれない。

「僕のことはいいんですけど、姫様のお立場からすると」

「アイツ怪しいのよ。色々と……そのうち尻尾をつかんでやるわ」

唇をキュッと強く結んだ。

レイアード聖堂の奥に祠があった。

一見簡素な木造の小さな建物であるが、その階下には広大なスペースがあり、さらに迷路のような回廊を抜けると地下遺跡『アーシェ』の深層にも繋がっているという。エルフィーヌ聖皇国の最重要機関と言っても過言ではない聖域だ。

「お姉様、リリーナ参上しました」

「いらっしゃいリリーナ」

緊張に美貌を強張らせながら祠に入る妹を、姉姫が優しく迎えた。

彼女の名はヒルデガルド。リリーナの姉だ。五年前の大戦で戦死した夫に代わって、エルフィーヌを統治している法皇妃でもある。

艶やかな黒髪や柔らかな丸みを帯びたウエストからヒップへのボディラインは、リリーナよりも大人びた雰囲気だが、時折見せる仕草や表情には愛らしい乙女のような華やかさも残している。

「早速だけどゴブリン襲撃事件について話してくださるかしら。ククルシアが詳しく聞きたいというので」

「ククルシア様が？　でもお休み中では？」

視線を祠の奥へと移動させると、そこには椅子に座ったまま静かに目を閉じているククルシアの姿があった。

「今彼女の意識は遺跡に繋がっています。でも、ちゃんと聞こえていますので、報告をお願いしますわ」

昨日とはまったく異なる様子に若干戸惑いながらも、リリーナは口を開いた。

(こうしていると『星界の巫女』様って感じがするのよね)

古い伝承によると星界の巫女とは遺跡から遣わされた神聖存在であり、エルフィーヌの危機に現れると言われている。

「遺跡の発掘現場にてゴブリン族、及び機獣化されたミノタウロスと交戦、神殻戦姫に変身してこれを撃退しました」

「やはり機獣が。それは前の大戦の残存兵力ではないのですか？」

「身体や武装の特徴からして、新造された機獣だと思います」

折れたミノタウロスの角を机の上に置いた。金属の角の中には、精緻な部品が詰め込まれている。

「新しいタイプの機獣ですか……」

姉姫が少し表情を曇らせた。機獣とは従来の魔法技術とはまったく異なる『機械』の力によって生み出されたモンスターである。屈強な身体と並外れた破壊力を持ち、通常の武器で倒すことは困難とされている。五年前の大戦時に出現した後、しばらく姿を見せなかったのだが、最近増加傾向にある……。

「なるほど……よい情報でした……」

その時ククルシアが花びらのような唇を開く。眠ったような表情のままだが、やはり意識はあるようだ。

「これはご褒美ですの……」

リリーナの手元にいきなりポンッとお皿に山盛りの鯛焼きが出現した。

「う……こんなに……あ、ありがとうございます」

リリーナは山盛り鯛焼きを手に入れた！

「その角には……第八層の技術が使われてますの……遺跡の技術が……漏れてますの……つまり皇国内に……内通者が……いる可能性がありますの」

「何者かが遺跡の技術をゴブリンに流していると……」

「そんなこと許せないっ！　遺跡の奥には『ズォム』が封印されているのに……また同じ過ちを繰り返すつもりなの」

その名を口にするのもおぞましい、恐るべき邪神。思い出しただけでリリーナとヒルデガルドの肌にはサッと鳥肌が立った。


五年前。

「ハアッ……ハアッ……ハアァ……くうぅっ」

蒼いスーツの美女が苦しげに喘いでいる。スーツは所々破損し、擦り傷だらけ。艶やかな黒髪も乱れていた。辺りは一面の廃墟。崩れた家屋が炎を上げ、黒い煙が濛々と天に昇っていく。

「ハアハア……リリーナ……アレク……」

守るべき妹姫リリーナと恋人アレクはしかし、瓦礫に埋もれて、虫の息だった。

「グハハハッ！　どうじゃアージュシエル、ズォム神様のお力は！　今日がこのエルフィーヌの、そしてお前の最期じゃ！　ヒヒヒィッ！」

対峙したゴブリンシャーマンがゲラゲラと嘲笑う。その背後にそそり立つ巨大な竜のような影は邪神ズォム。天を衝く塔のような巨体で、歩けば地震が起こり息をするだけで強風が吹き荒れるほどだ。

「うう、ゾドム！　わたくしは負けません……ハアハア……決して諦めませんわ！」

「ならば死ねぇ！　ズォム様の天罰覿面（てんばつてきめん）！」

ズォムの口から巨大な火球が放たれた。まるで太陽がもうひとつ出現したかのような灼熱で、アージュシエルの周囲の大地が焼け、陽炎が揺らめく。

「くっ、避けたら……みんなが……くうッ……シールドォッ！」

両手を交差し、最大限の魔法障壁で火球を受け止める蒼き戦姫。だが……。

ビキィィッ！　ドッカアアアアアアッ！

「きゃあああぁぁぁぁぁぁっ！」

吹き飛ばされ、空中できりもみ回転した後、真っ逆さまに地面に叩きつけられた。全身の骨が軋み、意識は朦朧、呼吸もまともにできない。

「素晴らしい、まだ完全復活ではないというのにこの威力！　ギハハハハ」

圧倒的勝利に酔いしれ、ゾドムが高笑いする。

「ぐはぁっ……あぁぅ……ハア、ハア」

なんとか民たちを守ることができたが、魔法力を使い果たし、肉体もボロボロだ。もはや指一本動かせない。

（わたくしは……もう……ダメなの？）

彼女の胸の奥、最後の希望の火が今にも消えてしまいそうに揺らめき、意識がスウッと遠のいた……その時！

（まだ……諦めては……いけない……ヒルデガルド……）

（アレク……⁉）

闇の中に青年の姿が浮かぶ。それは愛しい恋人だ。

（僕の命を……使って……くれ……そして……みんなの未来を……守るんだ）

キィィイイインッ！

目映い閃光がふたりを包み込む。魂が重なりあい、優しい温もりがアージュシエルのお腹の中に生まれた。

（ああ……こんなに……温かい……これがアレクの魂……）

赤と青の光が二重螺旋に絡まりあいながら上昇していく。その光の奔流に乗って、彼女の魂もまた闇底から浮上した。

（力が満ちてくる……ッ！　はち切れそうなほど……ッ！）

「む、何事じゃ？」

勝利を確信していたゾドムの目が、驚愕のあまりカッと見開かれる。赤ん坊を抱いたアージュシエルの光り輝く姿がそこにあった。

「な、なんじゃ、その赤児は……ッ!?　ま、まさか……まさか処女懐胎……メシアか!?」

「あの人の愛は絶対不滅ですわ！　さあ、邪神ズォムとともに地獄へお帰りなさいっ！」

バリバリバリバリバリィィッ！

杖を高く掲げると天から竜のような稲妻が駆け下り、その光り輝く蒼い牙でズォムの身体を噛み千切った。

「グガアァァァァァアッッ！」

「馬鹿な、ズォム様がぁぁぁぁっ！」

紅い血の噴水でアーチを描きながら、邪神の巨体がゆっくりと大木が倒れるように傾いでいく。だが……っ！

「ま、まだじゃ……まだやられはせんっ……ズォム様の……神の力が……この程度で……消えるものかっ」

「グゥオオォォォォ〜〜〜〜〜〜〜〜〜〜〜〜〜〜〜〜〜ッ！」

ゾドムの声に反応したのか、脚を踏ん張ってズォムは耐えてみせている。恐るべき執念だ。

(くう……今のわたくしでは……この力を……っ)

赤児のメシアから送られてくる強大なエネルギーの奔流を感じながらも、疲弊したシエルの身体では制御しきれない。

「でも……っ」

キュイイイィィンッ！

伸ばした手の先から七色のオーラが放たれ、それが妹姫の身体を優しく包み込む。と同時に赤児が見る見る大きくなり、美しい少女の姿へと成長したではないか。

『新たな光の戦士よ……今こそ、目覚めなさい……世界を救うのです』

謎の少女の声が運命を決する神託のように鳴り響いた。

「お願い、リリーナッ！　受け止めて」

「ふぅあ……ああぁぁぁっ！」

そそり立つ光の柱で瓦礫が吹き飛び、その中心で金髪の姫が咆哮した。ボロボロだった甲冑は消え去り、変わって燃える炎のような真紅のスーツが身を包む。

「はあぁぁぁぁっ！　お姉様っ、後はお任せを！」

ドンッと大地を蹴って、新たなる神殻戦姫が跳躍する。金髪が黄金の光を引いてたなびき、流星のように天空を切り裂いた。

「うおおお！　力が……身体中に満ちてくるっ……悪しき闇よ、正義の裁きを受けなさいっ！」

剣を構えたまま突進する炎の戦姫。

「小癪なマネを！　ズォム様、小娘に制裁をっ！」

ズォムはゴォッと炎を吐き出したが、紅い戦姫はそれをも吸収し、爆炎の矢となって突き進む。

「はあぁぁぁっ！　究極奥義！　レティス・メティオーーーーーーーーッ！」

ズッドォオオオオオンンッッ！

邪神の巨躯が真っ二つに裂け、崩落した肉片が灼熱の火砕流となってゾドムを呑み込んでいく。

「ぐわぉぉおおおおおお……おのれ、神殻戦姫！　この恨み……決して忘れぬぞ……ぐぎゃおおおおぉぉ～～～～～～っ！」

ドッカアアァァァァァンッ！

呪いの言葉を残して、邪神ズォムと悪鬼ゾドムは木っ端微塵に爆発四散した。

「ハアハア……やったっ！　やりました……ハアハア……お姉様！」

「……よくやりましたわ、リリーナ…………ハアハア……ありがとう……アレク……わたくしの愛する娘、力を貸してくれて……」

桃色髪の美少女は何もなかったように、腕の中でスヤスヤと眠り続けている。

「これで、わたくしの役目は終わりましたわ……後は……リリーナ、いえ、『アージュフラム』……よろしく頼みましたよ……」

アージュシエルは静かに瞼を閉じる。変身が解けると同時にその身体から光の粒子が放たれ、それは妹のリリーナ姫へと流れ込んでいった。

「ズォムが復活しようとしているなんて……」

「それだけは絶対阻止しなければなりませんわ。五年前の復活は完全ではありませんでしたが、それでもあれだけの被害が出たのですから」

姉妹は真剣な表情で頷きあう。五年前の大戦では国土の三分の一が焦土と化し、人口の半数が失われたのである。

その後、法皇に就くはずだったアレクに代わり、ヒルデガルドが法皇妃となり全力で復興にあたったお陰で、なんとか国を建て直すことができた。

二代目神殻戦姫アージュフラムとなったリリーナも奮闘し、ゴブリン族の侵攻を食い止め、人知れず平和を守ってきた。

だが最近、どこから手に入れたのかゴブリン族はより深い遺跡の技術を使うようになり、強力な機獣を送り込んでくるようになっていた。

「このままズォムが復活すれば遺跡の力をすべて奪われ、世界は闇に包まれてしまいますの。それを防ぐためにもヒルデガルドさん、内通者の調査をお願いしますの」

「了解しましたわ」

「リリーナさんは新たな機獣に対抗するため……ジンとの愛と信頼関係をもっと深めておくといいですの。神殻戦姫の力の源は『愛』ですの」

神殻戦姫に変身するためには強い精神力が必要なのだが、未熟なリリーナはジンの協力によって変身をサポートされている状態だった。ふたりの関係強化はそのまま神殻戦姫のパワーアップに繋がる……のだが……。

「え……ジンと……？　それってどういう……？」

「性行為ですの」

「うわひぃぃぃ～～～～～～～～～～～～っ！　可愛い顔してなんてことを言うんですか！　お姉様も何か言ってください！」

「あなたが無理と言うのなら、わたくしが神殻戦姫として復帰してジンくんとパートナーになるしかありませんわね」

「お姉様と……そ、それだけはダメ、絶対ダメです！　ジンは私の……って、もう……このリリーナ、命に替えても努力しますっ！」

姉にすごまれてリリーナはピンッと背筋を伸ばした。

「それではお願いしますなの……」

言い終わると同時にククルシアの身体からフッと力が抜ける。その後ムクッと起き上がるとパチパチ目をしばたかせた。

「ンン……よく寝ましたの……あ、リリーナ姉様っ」

普段の状態に戻ったククルシアが愛らしい笑顔を浮かべながらトコトコとリリーナのそばに近づいてきた。

星界の巫女ククルシア。彼女の正体はリリーナはもちろん、『母親』であるヒルデガル

ドも完全に把握しているわけではない。

普段は見た目通りの可憐な少女として振る舞っているのだが、遺跡と不思議な力で繋がっている神秘的な存在なのだ。巫女の時の彼女の言葉も精神も、遺跡アーシェそのものと言っていいだろう。リリーナのことを姉と呼んでいるものの、実際には姪であり、いやそれも怪しいところだが。

「はい、これ。昨日の約束の鯛焼き。いっぱぁい食べてくださいなのぉ」

お皿いっぱいの鯛焼きを差し出してニッコリと微笑む。

「う、うわぁ……」

二つの鯛焼きの山を前にして溜息をつくリリーナだった。


「うう……お腹いっぱい……胃が……もたれるぅ」

自室に戻ったリリーナはお腹と頭を抱えていた。合計三十個の鯛焼きをたいらげて、大食漢の彼女もさすがにグロッキーだ。

「どう考えても皇国軍の通常火力じゃ機獣の装甲を貫けないし……ううう……」

頭が混乱してきたのか金髪をクシャクシャと掻き毟っている。

「これが機獣の装甲、こちらが現在の皇国軍、第六層までの武器です」

そこにジンが分厚い資料をどさっと運んでくる。

「うわあああ、もう！　面倒くさい！　やっぱり私がこっそり変身してぶっ潰すのが手っ取り早いわ」

「リリーナ様。その短絡的なところが国民から脳まで筋肉でできている脳筋姫と言われる所以（ゆえん）なのです」

「いやあ、それほどでも」

自慢の上腕をポンと叩く。年頃の少女にしては引き締まっており、鳩尾（みぞおち）からお臍にかけて美しい腹筋の縦筋が走っている。

「……いくら神殻戦姫が強力でもひとりでは限界があります。皇国軍とも協力できれば今後の闘いも有利になるはずです」

リリーナの言葉を無視して淡々と話を進める。

「そのための作戦も考えてあります。姫様でもわかるように絵に描いて説明しましょう」

チョイチョイ失礼な発言をしながら、カッカッと黒板にチョークを走らせる。

「ほおお、なるほどなるほど。さすがは元テルウィンの王子様ね」

「……僕はもう王子でもなんでもありません。ただのキツネです」

「あ……ゴメン」

テルウィンとはかつてエルフィーヌの隣にあった小国である。加工技術に優れた技師が大勢おり、昔はエルフィーヌで発掘された遺物はテルウィンで精錬されていた。

リリーナは幼い頃からジンとも面識があり、ふたりは幼馴染みとも言える間柄だった。

しかし五年前の大戦でゴブリンに襲われて国は滅亡。王子だったジンはかろうじて逃げ延びたものの、呪いによってキツネのような妖精に姿を変えられてしまったのだ。リリーナたち以外の他人からは見えない妖精、それはつまり外界との関わりを持たないということだ。故郷も仲間も失ったその孤独感は想像を絶するモノだろう。

「ゴブリンをやっつけて、テルウィンも取り戻してあげるから。そうすればきっと呪いだって解けるわよ」

「気にしないでください。こうなったのも僕の運命でしょう。それにそのお陰で……リリーナ様のそばにいられるのだから……」

「ジン……」

キュンッと胸が切なく疼く。

お節介で小憎らしいところもあるが、それもすべてリリーナのことを思えばこそなのだ。

「ね、ねえ。ジン、あなた一瞬だけ人間の姿に戻る時があるわよね」

「ええ、まあ。どういう仕組みかは自分でもわかりませんけど」

「それってつまり、呪いが解ける可能性があるってことじゃないかしら」

ジリジリと身体を寄せていくリリーナ。彼我の距離はとても近く、少女の甘酸っぱい匂いがジンの鼻をくすぐった。

「ど、どうでしょうね……」

「試して……みましょう！」

「ッ⁉」

いきなり唇を押し当てられて、ジンは目を白黒させている。

トクンッ……トクンッ……トクンッ……トクンッ……トクンッ……。

妖精の唇は、果実のようなパンケーキのような不思議な匂い。

(すごい、動悸で……胸が、爆発しちゃいそう……ああ……もし……もしも……本当に……

……呪いが解けたら……私……)

時間にすれば二、三秒。しかしふたりにとっては永遠にも思える瞬間だった。

「…………」

やがてリリーナの唇が、静かに離れる。

「……リリーナ……さま」

「もぉう、全然ダメじゃない！」

妖精をドーンと突き飛ばす。ジンはクルクル回って壁にぶつかった。

「ななな……」

「この私が、大切なファーストキスを捧げたのに、なんで戻らないのよ！　この毛玉！」

顔を真っ赤にしながら怒鳴りだす。理不尽な展開にジンはどうしていいかわからない。

「そんなこと言われても……」

「じゃあ、私、シャワー浴びてくるから。ジンは作戦指令書を今夜中にまとめておくように！　わかったわね！」

「え、あ、ああ……はい」

呆然とするジンを残して、リリーナはバスルームに向かった。

(待っててねジン……いつか私が呪いを解いてみせるから……！)


翌日、エルフィーヌ国境付近の村。侵入してきたゴブリン集団と守護騎士団との間で激しい戦闘が繰り広げられていた。

「ギギギィッ！　死ね、死ね、死ね、死ねぇぇ！」

「ギヒヒヒ！　皆殺しだぁ！」

「おのれっ、ゴブリンどもめ！　次から次へと……っ」

「くそ、こんな辺境の地を狙うとは」

ゴブリンの戦闘力はそこまで高くなく魔法弾などで対応できるのだが、機獣の存在はやはり脅威だった。

「ヒヒィィィ〜〜〜〜〜〜ンンッ！」

ユニコーンの頭部を持つ魔人が三体ほど、炎を掻き分けて出現する。防御用に張り巡らせた炎の壁をモノともしない。

「グハハハ、この程度の炎など俺たちには通用しないぞ」

「エルフも人間も、皆殺しだ！　そりゃあぁぁっ！」

一角獣の角から電撃が放たれ、砦に降り注ぐ。

ズバババァァァァッ！　ドドドォォォオンッ！

「うわあぁぁぁぁっ！　な、なんてパワーだっ！」

次々に爆発が起こり、城壁が粉砕される。砕け散った石壁が土煙を上げて崩れ落ち、砦はもはや崩壊寸前だ。

「くそ、機獣め……これ以上はもたないぞ」

「うう……姫様もいないのに……こんなヤツに勝てるわけねえ」

攻撃が通用しないとわかって、エルフ騎士団の間に明らかに動揺が広がっていく。

「落ち着くのよ、みんな！　閃烈流麗！　神殻戦姫アージュフラム、ここに推参ッ！」

その時砦の前に紅いスーツの少女が颯爽と登場する。炎のような闘気を身に纏う救世主はアージュフラムだ。

「おお、あれは神殻戦姫だ」

「神殻戦姫が……応援にきてくれたのか……？」

背信者として禁忌の存在である神殻戦姫ではあるが、今の彼らにとって救いの一手であることは間違いない。

「魔法弾を緑に換装するのよ！　急いでッ！　その間私が時間を稼ぐわ」

「え……り、了解しました」

「と、とにかくっ、換装、大至急だ！」

鬼気迫る表情でアージュフラムが叫ぶと、それまでの混乱がウソのように騎士団が結束、整然と動き始める。

「神殻戦姫か」

「何をする気か知らないが、お前たちに勝ち目はないぞ」

棍棒を振り回し土煙を上げながら、一角獣たちが突進してくる。

「させないわよ！　はあぁぁっ！」

巨体の機獣の前に立ちはだかり、真正面から切り結ぶ。鍛え抜かれた剣の腕は超一流であり、三頭の機獣にも引けをとらない。

ガキッ！　ジャキッ！　ガシンッ！

鋭いとげの生えた凶悪な棍棒が上下左右から襲いかかるが、それを素早くかわし、合間に鋭い反撃を叩き込んだ。可憐な少女とは思えない剣捌きが、急所と思われる関節を正確無比に狙い澄ます。

「キシャアアッ！」

「ぬう、生意気なメスめ！」

思わぬ反撃にたじろぐモノセロスたち。スペック的には圧倒しているという驕りが隙を生んだのだ。

「うおぉぉっ、神殻戦姫様を守れ！」

「我らの力を見せるのだ！」

部下の騎士たちも神殻戦姫を支援して、必死にザコのゴブリンと戦っている。懸命の奮闘で、機獣とゴブリン軍団は炎の壁の前まで押し戻されていた。

「今よ。撃てぇ！」

　ドドドドォオンッッ！

　アージュフラムの指示で砲台が一斉に火を噴く。緑の砲弾は風属性であり、着弾すると巨大な竜巻となって渦巻いた。

　ゴオォォォォ～～～～～～～～～ッッ！

「むう、馬鹿め、この程度の攻撃など効かないと……うおぉっ！」

　竜巻によって作られた空気の渦が、機獣たちを中心にして周囲の空気を吸い込み始める。その突風が炎の壁をも引き寄せたのだ。

　ズゴゴゴゴゴゴゴッ！

「うおぉ、炎の勢いがっ！」

「これでは……身動きとれんッ！　ぎゃあぁぁぁぁっ！」

　風によって炎は凄まじい勢いで燃え上がり、その上昇気流がさらに竜巻を加速させる。渦の中心温度も数千度に達し、これにはゴブリンはもちろん、さすがの機獣も耐えきれない。

「どう？　複合魔法攻撃の味は？　やり方次第でどうにでもなるのよ！」

（ジンの作戦のお陰だけどね）

　勝利を確信しキラリと爽やかな笑みを浮かべるアージュフラム。皇国軍の信頼を得つつ敵も叩く、一石二鳥の作戦だ。

「ぐわわぁぁぁ……こんな馬鹿な……燃える……熱いぃ」

「と、溶ける……俺の……からだ……ぐわぁ……っっ！」

ズドドドドォォォンッ！

炎に焼き尽くされ、三体の機獣は爆発四散した。

「うおぉぉおっ、やったぞ！」

「さすが神殻戦姫様。リリーナ姫様とは違って頭脳的な作戦だ！」

初めての共闘によって強力な機獣を撃退し、騎士団は歓喜の雄叫びを上げる。

「ちょっと引っかかるけど……さあ、残りの敵を殲滅するわよ」

エルフの軍勢が進撃しようとしたその時……。

シュバァァァァァッ！

緑色の光条がアージュフラムに向かって一直線に走った。

「ッ⁉」

敵軍とはまったく違う方向からの奇襲に一瞬怯んだが、そこは神殻戦姫。

「しゃらくさい！　バリアーッ！」

手を突き出して光の壁を造り出す。だが……。

「なっ⁉」

光条はバリアーを貫通し、フラムの喉元に巻きついた。

「ぅくうっ……なにこれ……首輪……？」

ガッチリと喉に食い込んだ黒鉄の首輪。中央には緑色の鉱石が不気味な光を輝かせている。

「うう……か、身体から……力が抜ける……ジン、どうなってるの？」

『リリーナ様……こ、この首輪……変で……制御が……』

ジンの声もノイズが混じって聞き取れない。その間にもパワーがどんどん失われ、フラムは立っているのもやっとの状態に追い込まれていく。

「グクククッ。効いているようだな」

新たな機獣が姿を現す。それは前回倒したミノタウロスだった。

その頃、首都エルアーシュ。

「状況はどうなっていますか？」

国境を守備するリリーナの皇国軍とは別に、国内の治安を守る僧兵がおり、ヒルデガルドはその指揮にあたっていた。

「ゴブリンの仮面兵が散発的に破壊活動を行っているようです。規模は小さいのですが分散しており、対応に苦慮しております」

「とはいえ、敵は少数です。鎮圧は時間の問題かと」

「地図を用意してください」

広げた地図に破壊活動が行われたポイントが記されている。聖堂を中心にして、周囲に散発的に発生しているように見えた。

「重要な施設が狙われたわけではありませんのね」

「はい、襲われたところは普通の商店や倉庫、公園です。被害らしい被害はほとんど出ておりません」

「おそらく外部のゴブリン軍を支援するための陽動でしょうな」

「………………」

神官たちは楽観的だが、ヒルデガルドは引っかかるモノがあった。無意味に近い行動を彼らが命がけでするだろうか。何か隠された意図があるのではないだろうか。

ヒルデガルドはもう一度慎重に地図を見ていく。

「……ハッ!?　もしかしてこれは……ッ！」

皇妃の美貌が引き攣った。


再び国境付近の戦場。

「うう……アンタ、あの時の？」

「ブフウ、そうだ。俺は新たな力で生まれ変わったのだ！　もはや、神殻戦姫など敵ではないわっ」

確かに以前戦った時よりミノタウロスの身体はひと回り大きくなっており、所々に金属のような補強部位が見て取れた。

「フン、たいした自信ね。試してあげるわっ、ヴィルヴェルベントッ！」

疾風の魔法術で、超加速するアージュフラム。目で追うのが困難なほどで、紅い軌跡だけが空間をジグザグに突き抜けていく。

「そこよっ！」

背後に回り込み、必殺の太刀を撃ち込もうとした刹那！

「ブモォオオッ！　遅いわぁっ！」

ドギュンッッ！　牛魔人の姿が掻き消え、アージュフラムの剣は空を切った。

「なっ⁉」

「死ねぇ！」

上空背後にポジションをとったミノタウロスが斧を振り下ろす。

ドッカアアアアアアッ！

「きゃあぁぁっ！」

強烈な一撃を喰らって、木の葉のように吹っ飛ぶ神殻戦姫。

「そんな……私より速いなんて……これもこの変な首輪のせいなの？」

「ブハハハッ！　力が出まい！　まだまだいくぞっ！」

角から凄まじい電撃が放たれた。紫電が網のように広がって戦姫を包み込む。

バリバリバリバリィィッ！

「きゃあああうううっ」

直撃を受けてフラムは地面に叩きつけられる。全身がビリビリ痺れ、視界がグニャリと歪む。

(なんて威力……それとも、私の防御力が落ちているの……?)

「まだいくぞ、オラオラオラァ！」

すぐさま追いついた機獣による、パンチの嵐が降り注ぐ。

ドカドカドカドカドカドカドカドカドカドカドカドカドカドカッ！

「あぐっ、ぐは、あきゃあううっ！」

ガードしきれず、ハンマーのような拳がフラムの顔を左右に弾き飛ばし、鳩尾に食い込んだ。スーツに防御機能はあるけれど、ダメージは確実に蓄積していく。

「グハハハッ！　弱い、弱い、弱すぎるぞ、どりゃああっ！」

ミノタウロスの掬い上げるような豪腕アッパーが顎を捉えた！

「〜〜〜〜〜〜〜〜ッッ!?」

一瞬意識を飛ばされ、アージュフラムは弧を描いて宙を飛び、頭から地面に落下した。

「そんな……戦姫がやられた!?」

「まさか、あの神殻戦姫が負けるのか？」

絶対無敵を誇ったアージュフラムが一方的に打ちのめされている。予想外の展開に騎士たちもどよめき、狼狽(うろた)える。

「ハアハア……どうして、こんなヤツに……」

『その首輪から……特殊な波動で……スーツのパワーが……』

警告の電子音とともに、ジンの声が深刻な状況を伝えてくる。

「ブモフフ。貴様は俺には勝てん！　俺様は第十一層の技を身につけたのだからなぁ！」

ゴォォオオオオッッ！

機獣の身体からオーラが噴き出し、両方の拳が緑色に輝く。それだけでフラムはよろめくほど。

「ククク、これが『デスプトン鉱石』。神殻戦姫の力を奪う特殊な石なのだ！」

「うぅ……デスプトン鉱石……ですって……よくもそんなものを……」

首輪に手をかけるがどうやっても外すことができない。その間にも手指から力が抜けて、足腰も踏ん張りがきかなくなってきた。

『まずいです……リ、リリーナ様……一日……退却を……』

ジンの声にも明らかに動揺が表れている。だが……。

「そんなこと……できるわけないでしょッ！　私の辞書に、撤退の文字はないんだから！　みんなのために！　私は、絶対に負けられないのよ！」

不屈の闘志を燃え上がらせ、アージュフラムは剣を二本両手に構える。

「二刀か。面白い！　グモォォッ！　かかってくるがいい！」

ミノタウロスの角から放たれた電撃が斧へと集中していく。斧は光り輝き、辺りの空気を灼き焦がすほど。

『だ、だめです、リリーナ……！』

「牛の分際で生意気なのよっ！　丸焼きにしてやるから覚悟しなさい、デュアル・プロミィネンツッ！」

ジンの制止も聞かずアージュフラムは突撃する。

「オオオオッ！　サンダースタンピードォォォッ！」

ドッギュゥアアァァァァァァンン～～～～～～～ッ!!!!

炎と雷とが激突し、凄まじい光が辺りを包む。

ズドオオオオオオオオオオオオオオオォォォォンッッ！

白光の中に輪郭が溶け消えて、何もかもが灼熱の渦に呑み込まれていった。


首都エルアーシュ。

「いけない、これは……この形は地脈裂破の魔法陣ですわ！」

ヒルデガルドが血相を変えて叫ぶ。

「な、なんですと！」

各地で起こったテロの場所は、巨大な魔法陣を形成する起点だったのだ。気付いた時にはもう遅く、地鳴りが響きだす。

ドドドドドドドォォォッ！　グワアアァァァァアンッ！

「うわあぁぁっ！」

「あひぃぃっ！　おたすけぇぇ！」

大地がひび割れ、真っ赤な溶岩が湧き出す。火の手が上がり炎が街を包んでいく。

「うわあぁぁ、助けてくれぇ」

「きゃあぁ、街が燃えちゃうっ！」

直接の被害以上に、パニックを起こして逃げ惑う人たちで首都は大混乱状態だ。指揮系統も寸断され、神官たちもウロウロするばかりだ。

「くっ……こんなことを企んでいたとは……迂闊でした……大至急僧兵を派遣、国民の救護に全力であたりなさい！」

「しかし、それでは聖堂の守りが……」

「巫女はわたくしが守ります。いきなさい！」

「ハッ！」

神官と僧兵たちが出動するのを見送り、ヒルデガルドは巫女のもとへと向かった。


ズドドドドドドドドドドドッ！

絶え間なく激しい地震が襲い、聖堂はまるで嵐の中の小舟のように揺れた。

「きゃああ、か、母様……っ！」

「ククルシア」

ヒルデガルドがククルシアに駆け寄る。地震で壁や天井が崩落し、ガラスや破片が降り注ぐ。燭台も倒れて一部では小火も起こっているようだ。聖堂内に焦げ臭い煙が漂ってきた。まだ幼い娘が怯えるのは当然のことだろう。

「巫女様、ヒルデガルド様」

そこへゲドルフがよろめきながら近づいてきた。

「これはいけませんな。祠に避難されてはいかがでしょう。あそこなら守備は万全ですからな」

「枢機卿……そうですわね。ククルシア、わたくしについてくるのです」

「はい、母様」

「皇妃様も祠の中へ、巫女様だけでは不安でしょうからな。外の守りは結界と我々にお任せを」

ゲドルフはそっとヒルデガルドの背中を押した。

「わかりましたわ……」

祠の結界を考えればヒルデガルドが同伴する必要はないのだが、音や揺れで怯えきっている娘のそばにいてやりたいと思うのは親心というモノだろう。

「ではよろしく頼みますわ。さあ、ククルシア」

「はいっ」

ヒルデガルドは娘を抱き上げて祠への扉をくぐった。

「ここなら安心よ、ククルシア」

「うん……」

祠の中には外の騒音も揺れもほとんど届かない。先ほどまでの騒動がウソのような、極めて静かで快適な空間であった。

「でもやっぱり、姉様やみんなが心配です」

絶対の安全地帯にいながらも、不安そうに身を寄せてくる。ククルシアは不思議な能力を持つ少女だ。何かを感じているのかもしれない。

「大丈夫よ。リリーナは負けませ……うっ？」

ヒルデガルドは背中に違和感を覚えて美貌を歪める。

「きゃあっ、母様！」

「なっ⁉　こ、これは……ッ」

ヒルデガルドの背中に掌ほどの黒い穴が開いているではないか。しかもそれは見る見る大きくなっていく。そしてその穴から黒い影が這い出してきた。

「次元の裂け目……いつの間にっ！　あああぁぁぁぁっ！」

「ヒッヒッヒッヒッ！　いかに強固な結界でも、内側からの侵入には無力よのぉっ！」

侵入者の正体はゴブリンシャーマンであった。

「ううぅ……き、貴様は……ゾドム……まさか、わたくしの身体を……扉に……するなんて……っ」

「キヒヒヒ……外の騒動はすべて陽動よ。巫女さえ殺せば、この国は終わりじゃっ！　さあ、巫女よ、ズタズタに切り裂いてやるぅっ！」

シュドドドドドッ！

突き出した杖から闇色の矢が放たれる！

「きゃあああぁぁぁっ！」

「くっ……ククル……シアァァァ……ッ」

身体を動かせないヒルデガルドは叫ぶことしかできず、その眼前でククルシアの身体は無残にも暗黒の矢で串刺しにされて……。

「……騒々しいですの」

バヒュンッッ！　ドドドドドッ！

「な……ぐはあぁぁぁっ！」

突然出現した無数の鯛焼きの群れが、すべての魔法矢をゾドムに向けて弾き返す！　串刺しになったのはゾドムのほうだった。

「その鯛焼きは……『物理無効』『魔法全反射』『全属性耐性』ゆえ、気をつけますの」

落ち着き払った態度と口調、それまでとはまるで別人のようである。

「な……なんじゃあ、そりゃあぁぁぁッ！　き、き、きたないぞぉッ！」

チート級の性能を目の当たりにして、ゾドムが目を見開く。エルフとか人間とか、そういうレベルを遥かに超えた超存在ではないか。

「ク、ククルシア……」

娘が闘う姿を初めて見たヒルデガルドは唖然としている。

「ぐはぁ……そうかこれが……貴様の本当の……姿か……じゃが……」

紅い機械目が何かを見据えてギラリと光る。

「ならばせめて法皇妃だけでもっ！」

「無駄なことは嫌いですの」

鯛焼きの群れがヒルデガルドを守るように円陣を組む。

「そこじゃあぁっ！」

だがゴブリンシャーマンの放った魔法の矢は、軌道を変えて別方向に飛ぶ！

ズドォッ！　ドガアアアアアアアアンンンンンッッ！

爆発して粉砕されたのはいつもククルシアが座っていた『椅子』であった。

「……これは……少々油断しましたの……」

「ククルシア！」

脱力し、その場に崩れ落ちる愛娘を慌てて抱き留めるヒルデガルド。だがククルシアは目を閉じたまま糸の切れた人形のように動かない。

「ハアハア……リンクを……は、破壊してやったわい……うぐっ……じゃが、ここまでか……っ」

ゾドムは転移の魔法陣を展開し、そのまま姿を消した。

その頃国境付近。

「ハア、ハア、ハァ……くううっ」

「ブムゥゥッッ！　どうやら……」

最大奥義をぶつけあった神殻戦姫と牛機獣とが睨み合っている。

「俺の勝ちだなぁ……ブフフフ……ぐがあぁぁっ!?」

ブシュウウッッと胸から鮮血を噴いて膝をつくミノタウロス。

「オオオッ、神殻戦姫が勝ったぞ！」

「やったぞ！　ざまあみろ、機獣め！」

いつの間にか騎士たちも神殻戦姫に声援を送っている。

『す、すごい！　すごいですよっ、姫様！』

「ハアハア……ウフフ……気合いよ、気合い」

アージュフラムのスーツもバッサリ胸元が裂けて、初々しく豊満な乳房が露出していた。

まさに紙一重の勝利である。

「……ハアハア……騎士団もわかってくれたみたいだし……後はこの首輪をなんとかしないと……」

エネルギーを使い尽くし、剣を杖代わりにしてなんとか立ち上がるアージュフラム。騎士団から送られてくる温かな声援も、胸を熱くする。

「さあ、帰還するわよ……うあぁっ⁉」

背後に魔法陣が浮かび上がると同時に、手脚に緑色の鎖が絡みついてきたではないか。

「なっ、これはデスプトンの……きゃあぁぁっ！」

ジャラララララッ！　魔鎖に引き寄せられた先には、円形の金属製磔台が待ち構えており、アージュフラムはそこにX字に宙吊り拘束されてしまった。

「グモモォォン、罠に嵌まったな、神殻戦姫様よぉ。そのデスプトンの鎖は切れないぜぇ」

「うぐ……ァ、アンタ……い、生きていたのっ」

手脚をピンと引っ張られ、スタイルのよさを際立たせている。隠すことのできない乳房や太腿が、眩しい白さを衆目に晒してしまう。

「やられたフリをしただけだ。これで力を使い果たしただろう」

うそぶく機獣の胸の傷が、見る見る塞がって回復していく。

「くううっ……こんな鎖……ううぅッ」

ミノタウロスの言う通り、全力を出し切った状態では拘束を解除することは不可能だった。しかも呪鎖や首輪のデスプトンに、力がどんどん吸い取られていく。絶体絶命のピンチだった。

「無駄だ、無駄だ、神殻戦姫。こいつでトドメを刺してやる」

勝ち誇るミノタウロスの手には緑色に輝く拷問具が握られている。長さも太さも子供の腕ほどもある巨大な杭だった。

「グフフ、デスプトンの杭だ。貴様を処刑するのに相応しい」

「また、そんなものを……」

「グフフフ、怯えろ、泣き叫べ、命乞いをしろ。アージュフラム」

杭の切っ先をたおやかな頬から首筋へと滑らせてくる。

「う、ぐぐぐ……っ」

その波動だけでアージュフラムの肌はヤケドのようなひりつく痛みに襲われて、ダメージを受けてしまう。

「私は負けない！　絶対にアンタなんかに屈しないんだからっ！」

仮面の奥に燃えるような紅い瞳を輝かせて、ペッとミノタウロスの顔面に唾を吐きかけた。

「フンッ……生意気なヤツ。それならば殺す前にじっくりと嬲りモノにしてやる」

拷問杭が胸元から腹筋を滑ってさらに下降し、それにつれてスーツも裂け拡がっていく。

腹筋の縦筋や形のいいお臍が露わになり、やがて切っ先は股間のデルタにピタリと押し当てられた。

「う……まさか……」

「そのまさかだ。ほれぇいっ！」

デスプトンの杭が真下から、乙女の最もデリケートな聖域にジワジワと食い込んできた。

「うあぁっ……や、やめなさい……そんなところを……狙うなんて……うあぁ……卑怯よっ……はぁはぁ……あぁぁうっ！」

「死ぬほど恥辱を味わわせてから殺してやるからなぁ。それぞれぇ」

ビリッ……ビリビリッ……ブチィッ！

デスプトンの魔力と圧力に屈してスーツのクロッチが徐々に円形に裂けてしまう。

「あ、ああ、熱い……うっく……うあぁぁぁぁ～～～～～～っ！」

スーツの防御を失えば、柔らかく繊細な粘膜がデスプトンの波動に直に晒されることになる。秘部を見られる恥ずかしさもフラムの屈辱を煽った。

「神殻戦姫のオマンコが丸見えだなぁ」

覗き込んでニヤリと嗤う牛型機獣。頭髪と同じ金色のヘアは薄めで、恥丘を申し訳程度に覆っている。開脚状態にもかかわらず、美麗な左右の花びらはピッタリと閉じ合わさって、処女であることを物語っていた。

「いかにも処女って感じの匂いだぜ。ブフフ」

フンソンと鼻を鳴らす牛機獣。処女特有のチーズ臭と汗の匂いが混ざり合い、甘酸っぱい芳香を漂わせていた。

「うう、匂いなんて……嗅ぐな……化け物めっ」

カアッと頬が火照り耳まで紅く灼ける。変身ヒロインといっても年頃の少女だ。恥ずかしさは抑えようがない。

「処女はコイツでぶち抜いてやる」

その中心部に恐ろしい凶器が狙いを定める。

「うぁ……やめ……そんな大きなモノ……入るわけ……くあぁぁンッ」

先端が処女の蜜孔にジワジワと食い込んでくるにつれて、引き裂かれるような激痛が襲いかかってきた。

「まずい、このままじゃ神殻戦姫が！」「た、助けるんだ！」

「ギギィィッ！　ジャマをするなァ！」

救助に向かおうとする皇国軍だが、ゴブリンの群れがそれを許さない。

「お前たちの希望の神殻戦姫が処刑されるところをよぉく観るんだなぁ」

デスプトン杭がゆっくりと回転しながらねじ込まれてくる。

「くぅあぁ……痛あ、あぁ……あきゃあああぁぁ～～～～～ッ！」

絹を裂くような叫びと同時にギクンッと背筋が反り返る！　強張る太腿の内側を紅い鮮血がツウッと滴り落ちた。

「ギギギッ！　やっぱり処女ダ！」「ギヒヒッ！　処女の血ダ」

血を見たゴブリンたちが一層盛り上がり、歓喜の声を上げた。

（くうう……ジン……ゴメン……）

乙女にとって大切なモノを邪悪な儀式の生け贄にされてしまった。その屈辱的な状況に唇を噛むが、通信障害のせいか、ジンからの声は聞こえない。

「ブハハハッ！　どんな気分だ、アージュフラム。悔しいか？」

「ハア、ハア……な、なんともないと言っているでしょッ……処女を奪ったくらいで、いい気にならないでっ……ハアハアッ」

　肉体を内側から炙ってくる灼熱感に堪えながら、強気に睨みつける。とはいえ無慈悲な拷問具に処女を奪われた心身のダメージは大きく、気高いエルフの尖り耳も垂れ気味だ。

「ほほう、ならばもっと突っ込んでも平気だ……なッ」

　ドズンッと深く撃ち込まれる邪悪な杭。先端は秘肉をこじ開けて子宮の底にぶち当たった。

「くはあぁぁっ！」

　身体の最奥から脊椎を伝って稲妻が駆け上がり、脳天を直撃する。見開いた目の奥で火花がチカチカと散って、意識が飛んでしまいそうになる。

「グフフ、そして、こうだ！」

　張り形の基底部にあるスイッチを入れると、ブゥウンッと音がして拷問杭がフラムの秘奥で膨らみ始めた。

「う、うう……そんな……中で大きくなって……くう……お、お腹が……」

「ブフフフ、苦しめ、苦しめ、神殻戦姫。グググッ」

「あああぁ……痛い………はあはあ……さ、裂けちゃう……うあぁぁんっ！」

　処女を失ったばかりの蜜肉を割り拡げられる苦痛に、美貌は歪んでこめかみに汗が滲み、聖域の出血もさらに増していく。

ん…

（うあぁぁ……ジン……たすけて……っ）

下腹を埋め尽くす異物感に、処女を奪われたことを嫌でも思い知らされる。残酷な拡張責めから少しでも逃れようと身を捩るのだが、デスプトンの鎖がカチャカチャと虚しい音を響かせるだけだ。

「ギギギ、無様だナ、神殻戦姫！」

ゴブリンたちが背後からお尻に鞭を振り下ろして打擲を浴びせてきた。

バシッ！　パシィッ！　ピシィィッ！　パッシィィイッ！

「くぁ……うう、ぅあぁぁ……やめなさい……あぁぁぁぁっ！」

すでに防御力を失いつつあるスーツでは身を守ることはできず、フラムの美尻に無数の紅いミミズ腫れが刻まれてしまう。

「ギギィッ！　これまでの恨みダ！　おりゃあっ！」

バシッ！　パシィッ！　ピシィイッ！　パッシィイイッ！

「うあぁっ！　あきゃああっ！　くひぃっ！　ンあぁぁぁっ！」

後ろからは鞭打ちの激痛が襲いかかり、

「グハハッ！　もっと太くしてやろう。ほれほれ、いい声だ。もっと啼け、牝！」

「ンあぁぁぁ……それに触るなぁ……あぁぁ……もう、抜けぇ……あぁぁっ！」

前からはミノタウロスが拷問淫具を前後左右に揺さぶって責め立てる。

クチュクチュと淫靡な音が鳴り、膣孔は限界いっぱいまで拡がって、伸びきった桃色粘膜に青い静脈が透けて見えるほど。

（うああ……あそこが……壊れる……壊されちゃう……っ）

逃れようと腰を捻るたび、スーツから押し出された乳肉がブルンブルンと波打ち、金髪が乱れ舞う。滲む汗と醸し出される被虐美が、仮面ヒロインの面差しに妖艶な色香を与えてしまうのは皮肉な結果だ。

（うう……負けたくないのに……力が……抜けて……）

肉体の痛みだけならまだ堪えられただろうが、デスプトンによるエネルギー吸収が何よりも辛い。重い倦怠感に精神力まで削られて、抵抗しようという気力が奪われていくのだ。

「ここまで膨らめばいいだろう。これでもう抜けないぞ、グフフフ」

「ハア、ハア……ううう……く、くるしい……ハアハア……」

拳大にまで膨張したところでおぞましい拡張拷問は終わり、手脚の鎖も外された。フラムはとても立っていられず、ヨロヨロとその場に膝から崩れ落ちた。

「ギギギッ。無様だな、神殻戦姫」「抵抗してみろヨ！」

ゴブリンたちがからかうように鞭と罵声を浴びせるが、フラムはまったく抵抗できない。

（ああ……く、くやしい……こんな奴らに……手も足も出ないなんて……）

楔を撃ち込まれたような圧迫感が襲う股間には、淫虐な責め具が根元まで埋め込まれており、苦しさを物語るようにヒクヒクと双臀が痙攣している。

「ブフフ。これで済むと思うなよっ」

「ンあひぃいっっ⁉　お、奥に……何か……あ、当たってぇ……あぁぁっ」

下腹を襲う異様な感覚に仰け反るフラム。邪杭の先端からさらに細い錐が突き出し、キリキリとゆっくり回転しながら子宮口に食い込んできたのだ。

「ククク、これからお前は子宮まで串刺しにされて死ぬのだ」

「そ、そんな……深すぎるぅっ……あ、ああ、あぁぁ～～～ッ！」

まともに声も出せず、お腹を押さえてうずくまる。まさに女の命を直撃される究極の責めだった。

（ああ……だめ……こ……このままじゃ……）

予想外の子宮責めの激感に混乱させられる。普通なら激痛だろうが、デスプトン波動による効果で痛みはあまりなく、ズーンと痺れるような感覚がお腹いっぱいに拡がってくる。

「おら、立て」

豪腕に首をつかまれ、そのまま持ち上げられる。

「ハアハア……う、うぐぐ……は、はなせ……っ」

地面を離れた爪先が機獣を蹴るが、もちろん何の役にも立たない。文字通り無駄な足掻きだった。

「だいぶ子宮が開いてきたな。俺のモノでも入りそうだ。ほれ、少しは感じるか？」

「くう……か、感じるって……何を……」

「気持ちイイかと聞いているのだ」

「ひぃあああっ……触るな……ああ……気持ちイイわけ……ハアハア……ないでしょ……バカ牛……あううぅ……っ」

極太と化した淫具に無残なまでに蜜襞を拡張され、さらに子宮口をデスプトンの波動にこじ開けられ、快感などあるハズがない。だが出血はいつしか治まり、苦痛も徐々に減少していた。入れ替わるように、例のジンジンとした得体の知れない痺れが肉体の最も深いところから湧き起こって子宮を揺さぶってくる。それがかえって不気味だった。

「マンコは濡れてきているようだぞ」

もう一方の手が淫杭を真下からグイグイと突き上げると、スリットからクチュックチュッと粘着音が漏れてくる。

「うあぁ……う……うそよ……あぁぁう」

いじり回されれば健康的な少女の肉体が反応してしまうのは仕方のないことだが、フラムにとっては恥辱でしかない。

「発情するのはイイ牝だ。それに乳の出もよさそうだ。俺の牝になるならば、ゾドム様に頼んで、命だけは助けてやってもいいぞ」

鼻息荒くミノタウロスが嗤う。牛らしくやはり巨乳に目がない様子だ。双乳は機獣の掌にもあまるほど大きく、それでいて桃色の乳輪は可憐なサクランボサイズ。若さが張りつめる乳肉は重力に負けず、ツンと上向いていた。

「くう……ば、馬鹿なことを……アンタなんかに屈するくらいなら……死んだほうが……

マシよ……うくうっ」

脳裏に愛しい少年の面影を浮かべながら必死の抵抗を続けるフラム。彼への想いを守るためにも、負けるわけにはいかない。

「ならば死ねぃ！」

軽々と持ち上げたフラムの身体を両肩の上に仰向けにして、首と太腿を両腕でガシッと押さえ込む。

「これなら顔もマンコも観衆によく見えるだろう。子宮を串刺しにすると同時に背骨をへし折ってやるぜぇ！　おらあぁぁっ！」

ギシギシギシ……ミシミシミシィィッ！

「うぐあぁぁぁぁぁ〜〜〜〜〜〜〜〜〜〜〜〜っっ！」

（く、くるしい……死んじゃう……あぁぁ……）

フラムの身体は逆エビに反り、強張る手指が虚空を引っ掻く。強制的に描かされる鋭角のブリッジに脊椎がギシギシと軋んだ。その間にもデスプトンの錐によって子宮口は小指ほどの太さにまで拡張されてしまっていた。

「し、子宮が拡がっちゃう、入って……くるぅ……アヒィィ〜〜〜ッ！」

断末魔の悲鳴を迸らせ、眉根をたわませる美貌が痛苦に歪みきり、額に苦悶の汗が噴き出した。

「あぁあ……神殻戦姫が死んでしまう」「くそ……なんとかならないのか」

　皇国軍兵士の間に諦めと絶望の空気がジワジワと拡がっていく。無敵の強さを誇った神殻戦姫の最期を観ることになるなど、誰ひとり思っていなかっただけに、その衝撃は計り知れない。

「グフフ、無様な顔を晒しながら死ねぇっ」

　ギュウゥイィィィ〜〜〜〜ンッ！　ギュウゥイィィィ〜〜〜〜ンッ！

　デスプトンの張り形が輝きを増し、前後に激しく運動を開始する。子宮口に連続でノックが叩き込まれた。

「うあっ、あぁっ⁉　それ以上は……だ、だめぇ〜〜〜ッ！」

　そしてついに神秘の扉をこじ開けて、邪悪なる淫錐がズブリと子宮内に突き込まれてしまった。

「あきゃあぁぁぁ〜〜〜〜〜〜〜〜〜〜〜〜〜〜〜ッ！」

　神殻戦姫と女の弱点を同時に串刺しにされて、フラムは身を捩って絶叫した。反り返った腹筋の頂点、お臍が緑の光で内側から輝く。

（こ、これ、だめぇっっ……深すぎるぅっっ）

　胎内に直接デスプトンの波動と淫らな振動が送り込まれ、子宮がギュウンッと疼いて縮み上がる。あまりの激感に金髪が逆立ち、真っ赤に紅潮した美貌がひっくり返って、濡れた唇から突き出された舌先がヒクヒク痙攣した。

「ううぅあ……やめ……ううぐぅ……やめてぇ……くううあぁン」

「グハハハッ！　死ねぇ！」

さらにグイグイと力を込め、アージュフラムの頭と足がくっつかんばかりに究極のブリッジを強要する。逆さになった美貌が白目を剥いて仰け反り、豊満な双乳も顔のほうに押し寄せてタプタプと過激に揺れて、そのたびに真っ赤に充血した乳首が紅い残像を引いて上下した。

ギュィイイインンッ！　ギュィイイインンッ！　ギュィイイインンッ！

「ンぐぁ……あぁぁ……く、くるし……あぁぁ……壊れるぅ……っ」

子宮を犯す淫錐も一層激しく振動し、未熟な子宮にデスプトンの波動をドクンッドクンッと浴びせかける。反射的に収縮する蜜肉が、剛杭をキュウキュウと締めつけ、結合部からは被虐の蜜がジュンッと滲んだ。

（あぅあぁぁ……な、何……これ……？）

死を予感させる破滅スレスレの戦慄きが、朦朧とする脳幹をビリビリと震撼させた。

それは女体の自己防衛機能なのか。得体の知れない衝撃が身体の中心を焼き尽くし、目の前で七色の火花を煌めかせる。グリーンの光が反射する太腿がガクガク痙攣し、内側に腱が浮かび上がり、爪先が反り返ったり丸まったりを繰り返した。

「────────────ッッ!!」

ぷしゃあぁあぁぁぁぁぁっ!!

ギクンッと腰がさらに伸び上がり、堪えきれない黄金の小水が迸る！

スーツの破口から噴き出した恥水は噴水のように高々とアーチを描き、拷問凶器と機獣の肩を派手に濡らした。

（あ……あぁ……もう……死ぬ……死んじゃうぅ……ああ……）

自らの濃厚なアンモニア臭を嗅がされながら、逆さまになった視界が暗闇に覆われ、意識もスウッと薄れていく。足掻いていた爪先がヒクヒクと痙攣し、両腕がダラリと垂れ下がった。

「ああ……神殻戦姫が……」

兵士たちも力なくうなだれ、ある者は涙までこぼしている。

「そこまでじゃ」

「ゾドム様!?」

まさに絶命する寸前、止めたのはゾドムだった。

「予定が変わった。フラムをアジトまで連行するのじゃ」

「ハッ。わかりました」

ゾドムが呪文を唱えると空間転移の扉が開かれ、その光の中に機獣とアージュフラムは姿を消していった。

第二章　ヒルデガルド洗脳編

「ハア……ハア……うう……」

　気がつくとフラムは地下牢に閉じ込められていた。石壁に囲まれた澱んだ空気が重く身体にまとわりついてくる。

「こ、ここは……あう……っ⁉」

　起き上がろうとして股間の激しい違和感に顔をしかめる。あのおぞましいエメラルドグリーンの野太い杭が深々と女性器に埋まっており、さらに両腕は後ろ手に拘束され、ゴツイ首輪も嵌められたままだ。

「確かデスプトンとか……うぅあ……抜けない……うくぅっ」

　そこから放たれる波動は神殻戦姫の力を封じる効果があった。淫杭の先端は子宮内にまで達しており、引っ張ったくらいでは抜けそうにない。スーツはボロボロに裂けていたが、仮面はかろうじて原形を保っている。

『……フラム……リリーナ……さま……』

「ジン？　ジンなの？」

　その時頭の中に声が響いた。リリーナがアージュフラムに変身するために合体したサポート役の精霊であった。

『な、なんとか……でもまだ……デスプトンの……で……制御が……』

「ジン、無理しないで」

生存確認できたのでホッとするものの、途切れ途切れの声は弱々しい。やはりデスプトンの影響なのだろう。

「何をブツブツ言っておるのじゃ」

ゾドムがゴブリン兵を引き連れて牢内に入ってきた。

「アンタに関係ないでしょッ」

「力を奪われて、まだそんな顔ができるか。じゃがその生意気もいつまで続くかのぉ。ヒヒヒ」

「ギギギ！　立て、牝ッ」

ゴブリン兵に首輪の鎖を引っ張られて無理矢理立たされるが、途端にズーンと股間に響く圧迫感で、足元がふらついてしまう。

「歩け、歩け！　ギギギィ」

「もっと尻を振れ！」

面白がってバシバシとヒップに平手を飛ばしてくる。

「くっ、ううっ……やめろ……ンあぁっ」

淫杭に抵抗を封じられたまま、廊下をヨロヨロと歩まされる。

（ああ……奥に……響いて……ううっ）

一歩進むたび、ジーンと重い衝撃が子宮の奥から脳幹にまで響いてフラムを苦しめる。まるで屠畜場に引かれていく家畜のように、アージュフラムは連行されていく。

「ほれ、そこに上がるのじゃ」

連れ込まれた部屋は見たこともない機械類が並んでおり、中央に便器のような穴が開いたガラス製のテーブルが設置されていた。ゴブリンたちはピシャピシャとお尻を打って、フラムをテーブルの上に追い上げていく。天井から降りてきた鎖が後ろ手と両膝の枷に繋がれ、アージュフラムは、中腰ガニ股で便器穴を跨がる、恥ずかしい格好をとらされてしまった。

「うう……何をする気なのッ？」

「変身を解除してやるぞ。このデスプトン浣腸液でなぁ」

手にワインボトルほどもある長大な浣腸器を持ってニヤリと嗤うゴブリンシャーマン。浣腸器には緑色のドロドロした液体が充填されていた。

「か、浣腸って……まさか、それを……」

「お前が何か別の霊的エネルギーと合体していることはわかっておる。そいつを引っ張り出してやるわい」

尻タブを掻き広げると、セピア色の蕾が息づいていた。視線を感じた放射状の皺が恥ずかしそうにキュッと窄まる。その中心に嘴管がプツリと射し込まれた。

「ひうっ！」

排泄器官に突き刺さる冷たく硬質な感触に、思わず悲鳴が唇を震わせる。

「い、いやよ、浣腸なんて！　くあぁぁ……ぬ、抜きなさいよっ！」

年頃の乙女にとって排泄器官を玩弄されるのは死にも勝る羞恥だ。顔を真っ赤にして金髪ポニーを振り乱す。

「暴れるとガラスが割れて肛門が裂けてしまうぞ」

牽制しながら皺だらけの手でシリンダーをゆっくり押していく。キーッとガラス筒が鳴いて、デスプトン液が注入されてきた。

「う、うう……やめ……ンあああぁぁぁ～～～～っ！」

冷たい感触が粘膜に浴びせられ、直後ジワァッと熱感が広がってくる。続いて全身を襲う脱力と倦怠感。間違いなくデスプトンの効果だ。

「くぅぅっ……変なモノ、入れるなぁ……変態……あぁぁぁ……く、苦しい……っ」

汗が噴き出る尻タブがブルブルと震えだす。膣洞に埋め込まれている杭だけでもつらいのに、さらに直腸に注入されてはたまらなかった。腸管が張り裂けるような圧迫感は猛烈な便意へと変わり、肛門括約筋を内側から焼き尽くそうとする。

「まだまだ入るぞ。ヒヒヒ」

「う、ううぁ……きつい……お腹が……あああ……く、くるし……うううむっ」

便意を押し返すようにドクッドクッと注ぎ込まれる魔液が、腸粘膜を爛れさせながら遡上し、内臓を掻き毟られるような苦痛が襲う。脂汗がダラダラと垂れ、真珠色の歯並びをギリギリと喰い縛った。苦しみに足掻くたび拘束の鎖がカチャカチャと虚しく響く。

『リ……リーナ……さ……ま……ううう……』

ジンの声もさらに弱々しくなり、絆が今にも消えてしまいそう。デスプトン浣腸液が悪い影響を与えているのは確かだ。

(堪えなくちゃ……もし……漏らしたら……ジンが……)

失禁してしまえば破滅的な終局が訪れるであろうことは本能的に予想できる。全身全霊の力を括約筋に一点集中させ、便意による決壊を阻止しようとするフラム。

「ほれ、これで全部入ったわい」

シリンダーが最後まで押しきられ、チュポンッと引っこ抜かれる。

「はううう……っ」

それだけでも漏らしてしまいそうになり、慌てて肛門を締めつける。仮面の美貌をさらに紅潮させ、必死に噛みしめる奥歯が今にも砕けてしまいそうだ。

「ククク、ガマンしても無駄じゃ。早くひり出してしまえ」

「ギギギッ！　漏らせ、漏らせっ！」

ゴブリンたちが透明ガラス便器の下から、見上げながらはやし立てる。淫具を埋め込まれた秘部も、便意にヒクヒク戦慄く肛門もすべて観賞できる特等席なのだ。

「はあはあ……私は負けない……ううぅ……絶対にぃ……あああ……アンタの思い通りにならないんだからぁ……ハアハア……うううむ」

「無駄だと言っておろうが」

ヴゥイイィィンッ！　ヴゥイイィィィ〜〜ンッ！　ヴゥイイィィィンッ！

「ひぃ〜〜〜〜〜〜〜〜〜〜ッ！」

子宮を串刺しにした淫杭が羽虫のような音を立てて振動を開始する。クネクネと頭を振って、乙女の蜜壺を攪拌しながら、邪悪な波動をばらまいてくるのだ。お腹もゴロゴロと鳴動し、必死に便意を堪える肛門がヒクッヒクッと収縮する様が見上げるゴブリンたちの目にエロチックに映る。

「あああ〜〜〜っ！　お腹に……子宮に響いて……と、とめなさい……ンあぁぁ……とめてぇ……くぅ、あああぁぁぁうぅん！」

振動が腸管に伝わり、便意が爆発的に膨れ上がる。すでに限界を超えていた括約筋に、それを押し留める力は残されていなかった。

「ひぃあぁぁっ……あああぁ……も、もうだめぇっ！　ふあぁぁぁぁぁぁんっ！」

嘆きの絶叫と共に肛門が裏側から捲れ返り、緋色の濡れた粘膜の花が咲く。

ブリュッ！　プリュッ！　ヌルルルルゥウゥ〜〜〜〜〜ッッ！

まずは緑色の薬液が噴き出し、それに続いて白いマシュマロのような塊がムニムニと押し出されてきた。それは合体していた精霊の霊魂だった。

「オオッ！　出てきたゾ、まるでソーセージだ」

「ギギギッ！　見事な一本糞を漏らしやがったぜ！」

テーブルの下からのぞきながら、卑猥な歓声を上げるゴブリンたち。とびきりの美少女エルフであり、憎い変身ヒロインなのだから、その排泄姿は最高の見世物なのだ。

『リ……リ……ナ……姫さ……ま……』

「ああ、あああ〜〜〜っ！　ジン！　そんなぁ……あああぁ……ジン、出ていっちゃだめ……ンあぁぁ……お尻からなんて、こんなのいやぁぁぁぁぁぁっ！」

大切なパートナーの魂がまるで排泄物のように肛門からヒリ出される恥辱と絶望。だがどんなに足掻いても止められず、気が狂いそうな背徳感に心がズタズタに引き裂かれていく。

「いいぞ、もっと出すのじゃ！」

ヴゥイイィィ〜〜〜ンッ！　ヴゥイイィィィ〜〜〜ンッ！　ヴゥイイィィィンッ！

子宮内のデスプトン杭が、さらに激しく振動する。括約筋からも力が奪われ、肛門は驚くほど弛緩してポッカリと口を開けてしまう。

「うあぁぁぁっ！　もうやめて……あひぃン……お尻、とまんない……ハアハァ……ジンが出ちゃう……と、とめて……誰かとめてぇ……うあぁぁン」

涙をこぼしながら必死に括約筋を締めようとしても、乙女の急所である子宮を揺さぶられていては、崩れた堤防は修復不可能だ。無様にお尻を突き出した格好のまま、死にも勝る羞恥にイヤイヤと金髪を振り乱し、ガクガクと太腿を震わせて、ゴブリンたちの目を楽しませてしまう。

「はぅあ……うあっ……いや……また出る……あ、あぉ、あぁおぉっ……ジンが……で、出ちゃうぅ……あぅぅ〜〜〜っっ！」

ブリュブリュッ！　ムニュムニュッ！　ムニムニムニィィッ！

皺が消えるほど広がった肛門から、ウネウネと産み落とされる精霊魂。白く餅のように伸びたジンの霊魂は、テーブルの穴から落ち、下にあった洗面器の中でとぐろを巻いていった。

（あぁぁ……こんな……ジン……ごめん……ごめんなさい……ッ）

不浄の器官で恋しい人を産み落とすという想像を絶する恥辱に舌を噛み切りたくなるが、一方で最奥を掻き混ぜられる子壺や、捲れ返るアヌスからは、得体の知れない甘美な疼きがさざ波のように全身に拡がってくる。それにつれて極太をくわえ込んだ柔襞が少しずつ潤いを帯びていた。

「ヒャヒャヒャッ、無様よのう、神殻戦姫。変身も解けてきたぞ」

意地悪く嗤いながらフラムのお腹を押し揉んで、排泄を促してくる。

「んぐぅぅ……触るなぁ……あ、あぁ……ハアハア……こんなぁ……み、見るなぁ……ンあぁぁ……む」

ヒクッヒクッとアヌスが痙攣するたび、神殻戦姫のエネルギーが排泄されてしまい、スーツが徐々に薄くなっていく。ひり出された精霊魂はリリーナの身長ほどの長さに達し、少女のお腹の中に入っていたとは思えないほどだ。

「うあぁ……だ、だめぇ……ち、力が……力が消えちゃう……あぁぁぁ～～～～ッ！」

キシュウウゥゥ～～～～～～～～～ンッ！

すべての精霊魂を搾り出しガックリと首を垂れるフラム。その身を包んでいた紅い変身スーツや美貌を隠していた仮面が、光の粒子になって消えていく。ジンとの合体を完全に解除されてしまったのだ。

「お前は……やはりリリーナ姫か。まあ、おおよその見当はついていたがな」

「ハアハア……くぅっ」

（正体を知られてしまうなんて……これじゃ……もう……）

変身を解かれ姫騎士の軽装服に戻ったリリーナは悔しげに唇を噛む。完全敗北にいつもの気丈さは影を潜め、エルフの長耳も力なく垂れてしまう。その時……、

「うう……リ、リリーナ……様……」

ジンの声が微かに聞こえてきて、リリーナはハッと顔を上げる。

「ほれ、ケツからひり出したモノを見せてやるわい」

ゾドムが突き出す洗面器の中で、白い精霊魂がムクムクと膨らんで、キツネの姿を取り戻していた。

「あぁ……ジン！　しっかりして！」

「あうう……ぼ、僕は……だいじょうぶ……です……姫様……」

弱り切ってはいたが、とりあえずジンは生きている。それだけで皇女の胸奥に熱い勇気

が湧いてくる。

「よく見ればコイツは儂が呪いをかけたテルウィンの王子ではないか。なるほど精霊の力を借りて……二人で一人……そういう仕組みじゃったか」

何かを閃いたように、ゾドムの機械の紅眼がギラリと邪悪な光を放つ。

「その仕組み、利用させてもらうぞ、ヒヒヒ」

不気味な笑みを浮かべてゾドムが近づいてきた。身長はリリーナよりも小柄だというのに、その股間にはおぞましいほど巨大な牡の生殖器官がそそり立っているではないか。

「な……ち、近寄らないでッ！　化け物！」

勃起魔根を見せつけられて青ざめる。デスプトンの杭に勝るとも劣らない巨大さに加え、野太い血管がミミズのように胴体に這い回る。近づけられただけで濃厚な獣臭が漂ってきてツーンと鼻腔に突き刺さった。さらに一部は機械化されており、メタリックな鋲が凶悪に突き出している。とても老齢のゴブリンのモノとは思えないおぞましさだ。

「スゴイじゃろう。お前にやられて身体を改造したのじゃ。コイツで復讐できる日を待ち望んでいたぞぉ」

ガシッとデスプトンの杭をつかむと、ゆっくり引き抜き始めた。

「うあぁ……あぁぁぁっ……それに触るなぁ……くぅあぁぁんっ」

一晩中子壺に埋め込まれていた淫具は粘膜と馴染んでしまい、それを強引に引き剥がされる激感にリリーナは顎を突き上げて悲鳴を上げた。

「ヒヒヒ、デスプトンの呪力がたっぷり染み込んでおるようじゃな」

淫具をゆっくりと左右に捻り、回転させる。

子宮口が拡張され、桃色粘膜が内側から捲り返る。杭は内部で膨らんでいるため、身体を真っ二つに裂かれていくような苦痛が襲いかかる。リリーナは眦を吊り上げて悶絶し、ギリギリと奥歯を噛みしめた。やがて……、

「う、ううむ……ふぅあ……壊れちゃう……くあぁぁぁ～～～～ン」

ズルズルズルッ！　ジュポォンッ！

「はひぃぃっっ！」

シャンパンのコルクを抜くような派手な音を立てて拷問具が引っこ抜かれた。長時間聖気を吸われ、拡張を強いられた膣孔は締まることを忘れたように口を開けたまま、内側の濡れた柔襞を晒している。しっとりと蜜を湧かせてしまったのは生理反応として仕方のないことだろうが、牡を悦ばせることに変わりはない。

「リリーナ様ッ」

「ハアハアッ……だ、大丈夫……こんなの……どうってことないんだから……ハアハア」

ジンに心配かけたくなくて、気丈に微笑んでみせるリリーナ姫。だがこれは準備段階に過ぎないのだ。

「キヒヒ、よく拡がっておるな。これならいけそうじゃわい」

ゾドムが呪文を唱えると、天井から触手がスルスルと降りてきた。

「『機性蟲』の出番じゃな。こういうこともあろうかと作っておったのじゃ」

生きた紐のような触手がフラムの身体の上をヌルヌルと這い回り、十字に開いた吸盤状の頭部をピチャッとお臍に吸着させた。

「あうぅっ……な、何を……」

「すぐにわかるわい」

ジャラララッと鎖が引かれ、リリーナの身体がM字開脚で吊り上げられる。そして仰向けになったゾドムの上へと移動させられた。

「ヒヒヒッ、復讐の始まりじゃ。楽しませてもらうぞ」

鎖が緩められ、ゾドムの淫肉棒が真下から皇女の蜜穴に押し当てられる。

「ンあぁぁっ！　いやぁ、熱い……くうう……さ、裂けちゃう……あぁぁっ！」

熱さと硬さに驚かされ、思わず悲鳴が漏れる。続けて蜜孔を押し広げられる拡張感が襲いかかり、リリーナは背筋をギクンッと反らせた。その間にもジワジワとリリーナの身体が降下していく。

「うあぁぁ……無理よ……あぁぁ……大きすぎる……くぅあぁぁん！」

「太さはあの杭とかわらん。儂の牝奴隷になるのじゃから慣れておかんとなぁ」

ズブブッ……ズブズブズブゥ……ッ！

半機械の肉根は長さも太さもエルフ男性の倍以上はある巨大さで、普通なら受け入れることは不可能だろう。しかしデスプトンの杭による拡張の成果なのか、皇女の媚肉は驚くほど柔軟に拡がって身に余る獣棒をくわえ込み始めた。

「ひぃあぅう……くう……やめなさい……あぁぁ……い、入れるなぁ……このバカゴブリンっ！　あああぁぁぁっ！」

メリメリと音を立てるようにして、巨大な肉槍が柔らかな粘膜をこじ開ける様はまさに掘削とでも言うべき迫力だ。

「大事なマンコを壊しはせん。いずれ儂の子を産んでもらうのじゃからなぁ」

「あ、ああ……馬鹿なこと言わないでッ！　誰がアンタの子供なんか……はぁうぅん」

お尻を振り立てて必死に逃れようとするのだが、鎖に吊られた状態では逃れることはできない。未成熟な膣肉をこじ開けられる屈辱とヒリつくような圧迫感を堪えるしかない。

「少しは濡れてるみたいじゃな？　ほれほれ、どんどん入っていくぞぉ」

「うぐぅあぁぁ……ふ、ふかいぃ……ンあぁぁ……やめ……ぁひぃん……やめなさいってばぁ……くぅあぁぁん！」

（なんて……大きい……こんなもの……入るわけ……ないのに……っ）

身体の内側を埋め尽くす、熱く複雑な形の生々しい感触は、拷問杭とはまったく違う感触だった。何よりも伝わってくるゾドムの情念が、まさに牡に犯されているという実感を呼び、リリーナを悩乱させる。

「ヒヒヒ、いい声じゃ。パートナーの前で浅ましいことじゃな。おりゃあぁ！」

第二皇女の悲鳴など無視して、くびれた腰をガッシリつかむと極太機械勃起を最奥にねじ込んできた。

「ひぃっ！　ジン見ないで……あああ……だ、だめぇ……ンはぁぁぁ～～～っ！」

　ズーンと子宮の底に食い込む衝撃で全身の骨格が軋み、溢れんばかりの牡のパワーに目眩を感じてしまう。

「根元までくわえ込みおって。恋人の前でなんとも淫乱な牝じゃ」

「はあ、はぁあ……ジンの前でなんて……あううぅ……こんなの、いやよ！　うぁぁん」

　宿敵の腰の上に跨がらされ、その巨大な質量を意外なほどスムーズに迎え入れてしまった自分自身に驚かされる。そしてそれをジンに見られているという状況に、胸が切り裂かれる想いだ。

（うう……ごめんね、ジン……私……穢されちゃった……）

　思い人の前で純潔を奪われる悔しさ、無念さ。年頃の少女が夢見る初体験とは真逆の、おぞましすぎるレイプだ。

「ヒヒヒ、いいザマじゃ。お前に受けた屈辱、たっぷりと晴らさせてもらうぞ」

「くう……姫様に手を出すなぁっ」

　ゴブリン兵に首をつかまれて無理矢理リリーナのほうに顔を向けられ、ジンは悔しそうに手脚をばたつかせるが、もちろん何の役にも立たない。

「ほれ、そこで大人しく見ておれ。リリーナ姫が儂の牝奴隷に堕とされるところをなぁ」

　ジンを魔法で作り出した小さな檻に放り込んでしまう。あくまでもジンの目の前でリリーナを犯すつもりなのだ。

「ギヒヒ、無力な自分を呪うんじゃなぁ。おら、どうじゃ、これが牡のチンポじゃ」

ジャラララッと両膝の鎖が引かれてリリーナの両脚が浮き上がる。一層深まる結合に、首輪を嵌められた喉が仰け反る。

「ンあぁぁぁぁっ！　く、食い込んで……あぁぁぁ……くるしい……っ」

生まれて初めて味わう過酷な体位に、ヒイヒイと喉を搾って汗まみれの身を捻り捩る。全体重が子宮に集中し、丸太で串刺しにされているような衝撃だ。

「若いハイエルフの瑞々しい肉じゃ。こっちも若返るわい」

嘲笑いながら、ドスンドスンッと垂直ピストンを撃ち込んでくるゴブリンシャーマン。老齢に似合わぬ絶倫を誇示するかのように、豪快な串刺し責めでエルフ姫の華奢な身体を翻弄する。

「まだ熟れておらんがなかなかいい具合じゃ。儂が名器に育ててやるぞ」

ゾドムが指を鳴らすと、お臍に取り憑いた触手が細長い胴体をくねらせながら、何かを送り込んでくるではないか。

ドクンッ……ドクンッ……ドクンッ……ドクンッ……ドクンッ。

（な……何か……入って……くる……っ!?）

触手の胴が瘤状に膨らみ、断続的に脈を打つ。そのたびに熱いモノがお臍から注入され、お腹の中へジワッと広がっていくのだ。

「ヒヒヒ、超小型の『機性蟲』を子宮に送り込んでおるのじゃ。機性蟲は呪力でできた半幽体じゃから肉体を傷つけることはない」

「機性蟲ですって……？　ううう……っ」

ドクンッ！　ドクンッ！　ドクンッ！　ドクンッ！　ドクンッ！

触手が蠢動するにつれて強い呪力が鋭い快美と共にお臍に送り込まれ、腹筋を突き抜けて子宮に浸透する。それが子宮内に蓄積されていたデスプトンの呪力と共鳴した。思わず突き出される下腹部に、緑色の紋様のようなモノが浮かび上がってきた。

「うあぁぁ……な、何よ……これはぁ……あぁぁぁっ！」

どことなく子宮をイメージさせる淫靡な紋様。おぞましいと思っても聞かずにはいられなかった。

「ヒヒヒ、それは『愛欲』の淫紋じゃ」

「あ、愛欲……って……？」

「この機性蟲に寄生された女は、これから最初に子宮に精を浴びせ、絶頂させた男だけを愛するようになるのじゃよ」

「うう……なんですって⁉」

「つまり王子への愛は消え、二度と合体することはできなくなるということじゃ。ヒヒヒ」

「そんなのいやよ、抜け、抜きなさい。私の中から出ていって！　うあぁっ」

愛の力で闘う神殻戦姫にとって、愛を略奪されることは致命的なダメージだ。そうなれば女としても神殻戦姫としても終わってしまう。狼狽する間にも、無慈悲な触手はリリーナのお臍に機性蟲を注入し続ける。かなりの量に侵入されたのか。お腹が少し膨らみ、子宮がジワジワと熱くなってきた。

「他の男のチンポでは満足できなくなり、儂のチンポなしでは生きられない身体になるのじゃ。ついでにマンコの感度も上がるからのぉ、ほれほれ気持ちよくなってきたじゃろう？ヒッヒヒヒッ！」

「うあぁっ……はげし……ンあああぁぁ……だめ……あぁぁぁ……だめぇっ！」

追い打ちをかけるように上下に激しく揺さぶられ、息つく暇も与えられない。

（こ、壊れちゃう……っ）

蟲に犯される子宮、極太に抉られる膣肉、飛び出た鋲に研磨される蜜襞、亀頭に突き上げられる子宮口に、強烈な肉痺れが走り抜ける。だがそれは苦痛だけではなかった。

（うああぁ……なんなの……これぇ……っ？）

拷問杭で責められた時、微かに感じた小さな火の粉のような感覚。それが愛欲の淫紋によって増幅され、チロチロと赤い炎を燃え立たせ始めている。深く衝き入れられるたび、ドキドキと心臓が高鳴り呼吸が乱れる。それが何を意味するのか、オナニーすら未経験のエルフ姫にはわからない。

「儂のチンポが好きになってきたじゃろう？　ほれ、ここが感じるのか？」

皇女のわずかな変化も見逃さないゾドムが、囁きながら蜜奥をグリグリ突き上げる。子宮口やGスポットなど、女体に秘められた繊細な性感ポイントを掘り返していくのだ。

「ソあぁぁっ！　す、好きになんて……あぁぁ……なるわけ、ない……あ、あぁぁっ……

……そこ、だめ……うあぁぁぁん」

「ウソをつくでないわ。マンコは濡れて、蕩けておるぞ、キヒヒ」

ジュブッ！　ジュブッ！　ジュブッ！　ジュブッ！　ジュブッ！　ジュブッ！

抜き差しに抉るような円運動を加えて蜜壺を掻き混ぜると、結合部から卑猥な水音が響いてきた。クリトリスも包皮を剥いて勃起し、ピンと硬く尖り立っている。

「ハアッハアッ……いや……あぁぁ……奥が、ビクビクしてるッ……アンンンッ……な、なんなのよこれぇ……うあぁぁ……ンっ」

腹の底からジリジリとこみ上げてくる未知なる快美、それと連動して高まる甘く切ない感情に戸惑い、混乱したまま首を左右に振りたくる。持ち上げられた太腿が強張り、爪先が切なげに反り返っていく。

「そいつが愛情というヤツじゃ。ヒヒヒッ、儂のチンポに犯されて気持ちがイイと子壺が悦んでおるのじゃよ。ヒヒヒ、どんどん濡れてくるわい」

「う、ウソよ……そんなの……あぁぁ……これは、変な蟲のせいよ……ッ！」

否定したくてもクレヴァスは蜜にまみれ、会陰からお尻の穴まで垂れてしまっている。体温もグンと上がって、腋やうなじに熱い汗が噴き出してきた。こみ上げてくる肉悦に、身体の芯が爛れ、骨まで蕩けてしまう。後ろ手拘束の拳がギュッと強く握られた。

「ヒヒヒ、もっと発情するのじゃ。儂を一生愛する奴隷妻になるのじゃ。おお、素晴らしい手触りじゃわい」

皺だらけの手が、下から姫騎士の初々しい乳房をタプタプと揉みしだく。

「ンあぁッ……奴隷妻だなんて……あぁ……いや、いやぁ……ああ……胸に触るなぁ……あぁぁむっ！」

乳首を摘まれて引っ張られるたび、ゾクゾクッとうなじが鳥肌立ち、背筋が溶け崩れてしまいそうになる。ふとこのまま醜い老亜人に身も心も委ねたくなる。

（ちがう……こんなのウソ……まやかしよ……っ）

なんとか自分を鼓舞するのだが、お腹の淫紋はますます濃くハッキリと浮かび上がり、ゾドムへの嫌悪感が薄まっていく。いつまで堪えられるのか、だんだん自信がなくなってくる。

「嫌がっても無駄じゃ、ハアハア、もうすぐタップリ子種を注いでやる。そうすればお前は永久に儂の愛の虜囚じゃよ」

さらに天井から複数の触手が伸びてきてリリーナの身体に蛇のように絡みつく。あるモノは双乳に巻きつき、ギュウギュウと搾り上げる。またあるモノは唇をこじ開けて、喉奥に妖しげな媚毒をドプッと吐きかけた。

「んぐぐ……いひゃ……アンタなんか愛してない……んむむ……死んでも、好きになんて……ああっ……な、ならないんだからぁ……んぐむぅッ」

「イヤと言いながら、マンコがしゃぶりついてくるぞ」

お臍に潜り込んだ触手をつかんでツンツンと引っ張った。

「あひぃっ、引っ張るなぁ……んぶっ、くふぅンっ……変になっひゃうぅ」

まるで子宮を直接愛撫されているような錯覚に襲われ、下腹の淫紋がカアッと熱くなる。

目眩く快美に目の前の光景が真っ赤に燃えた。

「ああ、ンむぅ……お腹の奥が……熱い……ぷはぁぁ……もう、何か……ハアハアン……何か来ちゃう……あぁぁむ」

「リリーナ様！」

「ハア、ハア……ジン……見ないれ……んぶぶぶっ……ンあぁ……恥ずかしいのぉっ！　ンあ、あぁぉ、ンあああぁぁぁぁんッ！」

こみ上げる官能の昂ぶりをどう表現してよいのかわからず、金髪を振り乱し惑乱の悲鳴を振りまくエルフ姫。少女の性知識を遥かに超える怒濤の責めにどう対応してよいのかわからない。

「ヒヒヒッ！　もうすぐイキそうじゃなリリーナ姫。儂もそろそろ出してやるぞぉ！　一緒にイクかぇ？　ヒヒヒッ」

ここぞとばかり、ゾドムがラストスパートに入る。鎖を引き上げリリーナの身体を剛直が抜け出る寸前まで持ち上げ、そこから反転して根元まで一気に埋め込む。

ジャラジャラッ！　ジュブンッ！　ジャラジャラッ！　グッチュンッ！

それを何度も何度も繰り返し、金属鋲に引きずり出された濡れた媚粘膜が獣棒に屈服し絡みつく様を、王子に見せつけるのだ。

「ンあぁぁ……ああおぉぉっ……中はらめ、中には出さないでぇ！　あおぉ……いや、いやぁ……アヒィィィンッ！」

絶体絶命の危機にリリーナは汗まみれの身体を捩り、豊満な乳房を揺さぶって絶望の啼き声を噴きこぼす。膣内射精されればこの老ゴブリンを愛するようになってしまうというのに、蜜壺が燃え盛り、くわえ込まされた剛棒の巨大さが子宮を痺れさせる。ジンの視線が氷のナイフのように感じられるが、それすらも肉悦の轟火に溶かされていく気がした。

「お前は王子のことなど忘れ、儂を一生愛するようになるのじゃよ」

ドクドクッと喉に媚毒が注がれ、機性蟲もさらに深く侵入し、子宮や卵巣にまで淫紋を刻み始める。

「あぁぁ……ああぁ～～～～～ンッ」

取り憑かれた子宮が牡精を欲しがってキュンキュン疼き、卵巣も排卵の準備を整える。子宮口が精液を欲しがってヒクヒク痙攣しているのが自分でもわかった。己の浅ましさが恥ずかしく惨めだがどうにもならない。ゾドムと息を合わせて腰をグラインドさせ、巨根を磨き上げてしまう。

「おらおら、もっと気分を出すのじゃ。儂と夫婦になるところを見せつけてやれ、ギハハハハァアッ！」

ドスドスドスドスドスドスドスッ！　ズドドドドドドォォオッ！

「あひぃぃ～～～～～～～～～ッ!?」

長大なストロークを活かした超高速ピストン運動で、リリーナを追い込んでいく。瞬きの間に十回以上最奥を突くという、エルフはもちろん普通の獣人にすらできない超絶激烈な機械仕掛けの責めだ。

「あがあぁぁ……あああぁっ……おっおぉっ、あおぉぉおおぉぉっ！」

ガクガクと全身を揺さぶる衝撃で白目を剥いて仰け反るリリーナ。裏から突き上げられる淫紋が紅く輝き始め、愛という呪詛を血流にばらまく。

「ギギギッ！　踊れ、踊れェ！」

ゴブリンたちも鎖を操って、地獄の上下運動を強要してくる。

「あ、あああぁン……はぁぁあんっ！　も、もう……ひゃめて……これ以上は……頭が……変になりゅうぅっ……おおお、あぁぁぁン」

抉られる子宮の底が熱く疼き、拡張された媚粘膜が勝手に収斂して、巨根をキリキリと喰い締めた。おぞましい巨大さを教え込まされる子宮が燃え上がり、その逞しさを頼もしいと感じてしまう。女肉が媚びるようにドロドロに蕩けて、濃厚な本気汁の飛沫をまき散らしていく。

『愛スルノダ……ソノ男ヲ……』

淫蟲が子宮内で蠢き、目の前の牡を愛せと脳内に直接囁いてくる。

ドスッ！　ドスッ！　ドスッ！　ドスッ！　ドスッ！　ドスッ！　ドスッ！

「あがぁぁ……こんな気持ち……ウソ……あぁぁ……ゴブリンなんか好きじゃない……嫌い、大嫌いよぉ……ああ……出さないで……中に出されるのはいや……ゴブリンを愛するなんて、死んでもいや……いやなのに……んぐぅぅッ」

悲しみを押しのけてこみ上げてくる愛おしいという気持ち。それを打ち消したくて首を左右に振るのだが、泣き濡れた表情はどこか甘い陶酔を浮かべている。くびれ腰は精をねだるように浅ましくくねり、蜜孔はさらに奥深く獣棒をくわえ込もうとする。偽りの愛に支配された子宮が降りていき、子宮口が鈴口に熱烈キスをしてしまう。

「ウォオオォッ！　子宮がチンポに吸いついてくるわいっ、これはたまらん、くらえぇぇぇぇぇぇぇっ！」

精を吸い取られそうな快感にゾドムが咆哮し、巨根を最奥にまでぶち込む。積年の恨みと情念を滾らせた陰嚢から、沸騰寸前の白濁液をドッと送り込んだ。

ドビュルルルッ！　ドバドバドバァァァァッ！　ビュクビュクビュクゥゥゥッ！

「あきゃああぁぁぁっ！　中にぃ……きてるぅっ！　ンあぁぁぁ……いやぁぁ～～～っ！　ジン、助けて……あぁぁぁ～～～～っ！」

激しく脈動するペニスから濃厚に粘る獣精が噴出し、子宮口にベチャアッと張りついた。ドクッドクッと射精するたび、大量の精液が子宮口をくぐり抜けて姫の胎内へと流れ込んでいく。真っ赤な火柱が心臓を突き抜けて頭のてっぺんにまで噴き上がり、身も心も焼き尽くしていく。

「ああ……姫様ぁ……」

「あ、ああ……あひぃぃいっっ！　ジン見ないで……あ、熱いのっ……ドンドン入ってきて……ンああ、あちゅいいいいいっ！　く、くりゅぅ……何かくるぅ……あああおぉおおっ！」

波打つ下腹の淫紋が真っ赤に燃えるように輝き、リリーナの中で何かが書き換わる。愛しい少年の面影が白濁に塗り潰され、醜い老亜人に乗っ取られていく。

「ほれぇ、イクと言うのじゃあ、おらぁぁっ！」

トドメとばかり、子宮がいっぱいに膨らむほどの大量射精を送り込む。マグマのような熱さが胎内を埋め尽くし、血も肉も焼き尽くそうとする。それに合わせて触手も脈動し、最後の機性蟲がお臍の中へ注入されてしまった。

ドプゥッ！　ドプドプドプゥ～～～～～～～～ッ！

「ンああぉおぉ～～～～～～～っ！　イクッ！　おほぉお……イグゥ～～～～ッ！」

頭の中で七色の火花が散り、ワケがわからないまま、求められるままに恥声を振りまいてしまう。M字開脚の太腿から脹ら脛へ痙攣が走り、爪先が丸まったり反り返ったりした。電気を浴びたようにビクビクと仰け反る背中を滝のような汗が流れ落ちる。赤瞳が大きく見開かれ、光を失った瞳孔にはゾドムの姿だけが映っていた。

「うあぁっ……あぉおンッ！　またイク……イクイクゥッ、リリーナ、イっちゃうぅぅっ！　ああン、ゾドム様ぁ……イクイクイクイクイクゥゥッ！　ンあぁぁぁ～～～ンッ！」

プシャアァァアァァ～～～～～～～～～ッ！

ついには牝潮を噴き上げ、生まれて初めての汚辱のエクスタシーに登り詰めるリリーナ姫。ピーンと背筋を硬直させた後、ガクンとゾドムの上に崩れ落ちた。

「ヒヒヒ、可愛い牝じゃ」

唇を奪い、ネットリと舌を絡め合う。機械剛直を埋め込まれた媚肉の合間から、湯気を立てんばかりの白濁精がドロドロと溢れ出していた。

「ああ……リリーナ様」

ジンは絶望の吐息と共に呻くような声を絞り出した。あの美しく凛々しく強かったリリーナが、老ゴブリンになすすべなく蹂躙され、艶やかな嬌声を上げている。それは今まで見たことのない表情だった。

「ククク、儂のチンポはよかったか、リリーナ」

「あ、あぁ……ン……ハイ……♥　とっても……素敵でした……ゾドム様♥」

匂うようなピンク色に染まった頬を上気させ、コクリと頷く皇女。ゾドムを虚ろに見つめる紅瞳にハート型の燐光が浮かび上がり、ハアハアと喘ぐ下腹の淫紋は禍々しい血のような赤色に変化していた。それは機性蟲が定着した証であった。

「ンあぁ……あぁ……っ」

キュバアァァァァアァッ！

ゾドムの腕の中で脱力した身体に、黒いゴム状の物がピッチリ巻きついていく。

「ヒヒヒ、闇の神殻戦姫、アージュスレイブの誕生じゃ！　ヒャヒャヒャッ！」

「そ、そんな……リ……リリーナ様……」

悲嘆に暮れるジンの目の前で、リリーナは光沢を持つ妖艶な闇の衣に身を包まれていくのだった。


その頃レイアード聖堂。会議場は重々しい空気に包まれていた。

ゴブリン襲撃による被害は甚大で、多くの死傷者が出た。さらにリリーナが戦場で行方不明となり、ククルシアも意識不明のまま祠で眠り続けている。

「リリーナ様と巫女様のことはここだけの秘密にしましょう。国民を動揺させてはなりませんからな」

「そうですね、ゲドルフ枢機卿、情報管制のほうはお任せしますわ。では今日の会議はここまでとします」

廊下に出たヒルデガルドにゲドルフがスッと近づく。

「少しよろしいですか？　実は神殻戦姫に関して情報が」

「っ!?　どうしてそんなことを？」

「蛇の道は蛇というヤツですよ。それよりアージュフラムは無事です。ゴブリンに囚われていますが」

「……ッ！　そ、そうですか……」

囚われの身とはいえ、無事だとわかっただけでもありがたい。しかしそれを表に出すわけにはいかず、冷静な表情を維持するヒルデガルドだ。

「そしてこのような物が私のところに送られてきたのです」

ゲドルフが水晶玉を懐から取り出すと、そこに幻影が映し出された。

『エルフィーネの皇族に告ぐ。儂はゴブリンシャーマンのゾドムじゃ』

「な……これは？」

『儂は神殻戦姫アージュフラムを捕らえておる。命が惜しければ、もうひとりの神殻戦姫アージュシエルを差し出すのじゃ』

ゾドムの背後には十字架に磔にされたアージュフラムの姿があった。

『明日の夜明け、ゴブリン砦に来るのじゃ。来なければフラムは死ぬ。よいな』

一方的に宣言し、ゾドムの映像は消えた。

「人質を取って脅迫とは……なんて卑劣な……」

ゾドムが消えた水晶玉を睨み、キッと唇を噛む。

「しかし妙ですな。アージュシエルはフラムに能力を引き継いで、星界に帰ったハズでは？何か意図があるのでしょうかね」

「……エルフィーヌの法皇妃として、この脅迫は黙殺します」

「よろしいのですか」

「神殻戦姫は……わたくしたちとは無関係の存在です。今は彼女に構っている暇はありませんわ」

「ふむ、さすがヒルデガルド様。冷静な判断です」

「では、このことも内密にお願いしますわ」

「御意」

頭を下げるゲドルフを無視して、ヒルデガルドは自室に向かった。


その日の深夜。

「ああは言ったものの、わたくしが助けるしかありませんわ」

呼吸を整え、精神を集中させる。心の中に思い浮かべるのは今は亡き、愛する夫アレクの面影だ。

「あなた、力を貸して。アインド・リーゲンッ！」

シュバアアァァァァァアアッッ！

蒼い旋風がヒルデガルドの身体を包み込む。法衣ドレスが細かな粒子になって消失し、蒼い光のリボンが巻きついてくる。爪先から太腿にまではしなやかなロングブーツに、掌から上腕まではシルクのような光沢を持つロンググローブに変化する。さらに双乳を持ち上げつつくびれた腰を覆うスーツ、豊満なヒップを包み込む純白のフレアスカートが形成されて、最後に流麗にして精悍な白いバイザーが目元を隠す。

「アージュシエル、ここに見参ですわっ！」

足元をクロスさせ、両手を広げる優美な立ちポーズを決めてからハッと我に返る。

「つい、昔のクセで……それにしても……」

五年の歳月がもたらした肉体の変化は隠せない。乳房はカップから今にもこぼれてしまいそうだし、ムッチリ熟れた双臀を隠すにはフレアスカートはいささか心許ない。スーツもピッチリと張りつめてしまい、脂ののった完熟のボディラインが手に取るようにわかってしまうのだ。

リリーナならともかく、法皇妃という立場であり、結婚して一応娘もいる女がする格好でないことは明らかだった。

「ちょっと……恥ずかしいけど……そんなことを言ってる場合ではありませんわね。わたくしは神殻戦姫なのですからッ」

気持ちを切り替えて、タンッとベランダの手摺りを蹴る。そのまま満月輝く星空に、蒼き神殻戦姫は飛翔した。


「来たか、アージュシエル」

ゴブリン砦にはゾドムとゴブリン軍団が待ち構えており、十字架に磔にされたアージュフラムの姿もあった。

「久しぶりに見たが、なかなか色っぽくなったのぉ」

「ギギギ、いい歳して、熟れた乳も尻も、スーツからはみ出しそうだぜぇ」

「………ッ」

ゴブリンたちのいやらしい視線がスーツの上を這い回る。顔から火が出そうな恥ずかしさだが、今は無視する。

「約束通り、フラムを解放しなさい」

「ヒヒヒ、ではまず変身を解除してもらおうか」

「いいでしょう……わかりましたわ……」

蒼い風が吹き、スーツが剥がれ落ちていく。だが、代わりの服は出現せず、白い仮面を残したまま見る見る白い肌が露出していく。豊かに盛り上がった乳肌、形のよい縦長のお臍、くびれ腰から張り出す見事なヒップライン……生まれたままの素っ裸であった。

「オ、オオォッ！　なんだなんダ？」

「は、裸だゾ!?　ウヒョーッ、たまらねぇ！」

目を血走らせ、涎まで垂らし、食い入るように見つめるゴブリンたちだが……、

「うん？」

「なんだ、ぼやけて……？」

全裸になった途端、シエルの姿が霞のように消えていくではないか。

「いかん、幻影じゃっ」

気付いた時にはすでに遅く……、

「フラムに手を出すことなど許しません！　さあ、地獄に帰りなさい、たぁあぁぁぁ

っ！」

　突き出した杖から稲妻が迸る！　何本もの落雷が直上からゴブリンを狙い撃ち、反撃の隙を与えない。魔法を主体に闘うアージュシエルは、対集団戦が最も得意なのである。

「ぐわぁぁ〜〜〜〜〜〜っ！」

「お、おのれ、アージュシエル……覚えておれ！　ぎゃひぃっ！」

　ゾドムが這々の体で逃げ出すと、ゴブリン軍も慌てて撤退していった。

「たわいのない。大丈夫、リリーナ？」

　磔の拘束を切断すると、アージュフラムが十字架からずり落ちる。

「うぅぅ……お姉様……ハアハア……助けに来て……くれたのね」

　弱々しく微笑む妹姫。見たところ怪我はなさそうで、少し安心する。

「ああ、嬉しいわ……お姉様ぁ！」

「ッ⁉」

　いきなり唇を奪われて動転する姉姫。しかも唾液と共に送り込まれた何かを、反射的に飲み下してしまった。

「な、何をしますのっ！　うう、これは……あううっ！」

　強烈な脱力感に襲われガクッと膝をつく。

「フフ……ウフフ、罠にかかったわね、アージュシエル！」

「リリーナ……⁉」

驚く姉の目の前で、フラムの身体から闇のオーラが立ち上がり、紅いスーツが形を変え、黒く禍々しいサキュバスのような意匠に変形していった。

「はぁぁん、私は愛欲の神殻戦姫アージュスレイブ。ゾドム様の忠実な下僕よ」

黒い光沢を持つ扇情的なスーツは露出度が高く、健康的な肌色を惜しげもなく晒している。乳房は乳輪が隠れる程度、股間も鋭角の逆三角形が恥丘をギリギリ覆って、お尻などほとんど丸見えの状態だ。そして何より目立つのが下腹部の紅い妖しげな紋様。そこから滲み出す魔性の色香にシエルは圧倒された。

「ヒャハハッ！　そうじゃ、やれっ、アージュスレイブよ」

いつの間にか戻ってきたゾドムが嬉しそうにはしゃいでいる。

「はいゾドム様。さあ、お姉様もゾドム様の奴隷になるのよッ！」

操られているのだろうか。抜刀するや容赦なく鋭い斬撃を撃ち込んでくる。

「くうっ！　フラム、正気に戻りなさい！」

杖で受け止めた黒い炎を纏った刀身は、普段よりも威力が高いように感じられた。

(なんてすごい力……それともわたくしの力が落ちているの……？)

さっき飲まされたのは毒だったのだろうか。見る見る神殻戦姫の聖なる力が失われていく気がした。

「私は愛欲の神殻戦姫として、以前よりも素晴らしい力を手に入れたの！」

ザシュッ！　バシュッ！　ザシュッ！　シュバァッ！

旋風のように斬撃が襲いかかり、シエルは防戦一方だ。かろうじて防いでいるがスーツはボロボロに裂けていく。

「そこぉっ！」

ガシャアァァアンッ！

「きゃあぁぁぁぁっ！」

強烈な一撃を喰らってシエルの身体が弾け飛ぶ。闇の神殻戦姫に対してスピードもパワーもまったく歯が立たない。

「トドメよっ！」

アージュスレイブが飛翔し、炎の剣が大上段から振り下ろされる！

「隙あり！　てぇぇいっ！」

だがそれこそシエルが待っていた瞬間であった。白刃取りで剣を挟み込み、力を受け流してアージュスレイブの体勢を崩す。

「なっ⁉」

「やぁあぁぁぁっ！」

聖気をのせたカウンターの掌打を撃ち込むと、アージュスレイブの顎が真上に跳ね上がった。

「くはぁぁっ！」

空中で後方二回転した後、グシャッと頭から地面に叩きつけられる。手応えは十分だったが……。

「うう……な、なかなかやるじゃない、さすが先代神殻戦姫ね……で……でも浅かったわ」

アージュフラムがよろめき立つ。すべての力を使った渾身の一撃だったが、やはり弱体化されていたらしく、アージュスレイブを倒すには至らない。とはいえかなりのダメージを与えられたようで、スレイブも肩で息をしている。

「こ、今度は逃がさないわ……うっ!?」

その時リリーナが頭を抱えて苦しみ始める。

「うう……頭が……わ、割れそう……あううう……お、お姉様、逃げて……っ」

「フラム！　シッカリして！」

聖気によって術が解けようとしているのかもしれない。シエルが駆け寄ろうとした時、

「立ち去れ、ゴブリンども！　我が岩石魔法をくらえぃ！」

何者かの放った巨大な魔法の岩塊が、土石流の勢いでアージュシエルとアージュスレイブに降り注いだ。

「きゃあぁっ！」

虚を突かれたシエルは、岩の直撃を受けてしまう。地面に叩きつけられて、頭の芯が痺れ、目の前が暗くなる。

「む、邪魔が入ったか……退くぞ、アージュスレイブ」

「……ハイ……ゾドム様」

ゾドムとアージュスレイブは転送魔法陣の中に姿を消した。

「グフフ、捕らえたぞ、神殻戦姫」

「ハア……ハア……あなたは……ゲドルフ……」

代わって姿を現したのはゲドルフだった。

「ゴブリンどもと潰し合ったところを両方とも捕らえるつもりだったが、まあ神殻戦姫だけでも十分だな」

（どうして……あの程度の魔法を避けられないなんて……!?）

思い当たるのは、リリーナにキスされた時だ。あれ以来聖なる力がどこかへ吸い取られているような感じなのだ。

「まだ回復していないようだな。今のうちに一応保険をかけておくか」

懐から緑色の宝玉を取り出し、シエルに投げつける。

「ううっ!?」

宝玉は首輪に変化し、シエルの喉にガッシリと嵌まった。

「もうひとつおまけだ」

さらにもうひとつの宝玉がシエルの股間に命中すると、小さなリングに変化してスーツの上からシエルのクリトリスにぴったり嵌まってしまう。そのまま根元がきつく締まって外せなくなった。

「きゃうっ……なんです……これは……あううう」

さらに脱力感が強くなり、シエルはその場にうずくまる。足腰に力が入らず立っていることもできないほど。

「フフフ、それはデスプトンという鉱石で神殻戦姫の力を奪うのだ。これでお前はただのか弱い女に過ぎん」

いやらしく伸ばした手がシエルの仮面を剥ぎ取ろうとする。だが肌に張りついた仮面は外れる気配はなかった。

「仮面もスーツも私の手では破れぬか。もう少し聖なる力を奪う必要がありそうだな」

むしろ楽しそうに不気味な笑みを浮かべるのだった。


「はあ、はあ……うぅ……くぅんっ！」

シエルは馬の背に乗せられてエルフィーヌに連行された。両手を背中に拘束され、両脚も馬に跨がったまま足首をあぶみに縛りつけられている。スーツはあちこち破損しており、双乳がその豊かで柔らかそうな膨らみを露わにしていた。

さらにクリトリスに嵌められたデスプトンリングがシエルを苦しめていた。根元を締め上げられて包皮を剥かれた陰核が、馬が進むたび鞍に擦られて、淫猥な刺激を味わわされるのだ。

「お、おい、あれは神殻戦姫じゃないのか？」

「捕まってしまったのか？」

市民たちの目が集まる中、

「皆の者、見るがいい。これが国を荒らした背信者神殻戦姫だ」

ゲドルフが堂々と宣言する。

「蒼い神殻戦姫……アージュシエルか」

「可哀想に……これからヒドイ目にあうんじゃないか……」

国民の大半は神殻戦姫に好意的であるため、憐憫の目が向けられる。だがその一部は、シエルの美乳にも注がれていた。十分に熟れた乳果は重力に引かれて左右に開きながら、馬の進行に合わせてタプタプと波打っている。乳輪も乳首も娘がいるとは思えないほど可憐な桃色だ。

（うう……なんという屈辱なの……）

法皇妃でありながら白昼の街中で乳房をさらけ出した敗北の姿を見られるのも惨めだったが、それ以上に股間を苛む淫靡な責めがシエルを苦しめていた。

鞍にはデスプトンの突起が縦に並んでおり、ちょうどクレヴァスに食い込むようになっていた。しかもそれらは淫らに振動し、シエルの官能を刺激してくる。

（あそこが……リングが擦れて……あぁ……うぅ）

特にリングを嵌められたクリトリスは敏感になっており、馬の背中が揺れるたび、おぞましい刺激を送り込んでくるのだ。

「グフフ、少しは効いているかな」

「ハア……ハア……こんなもの……なんともありませんわ」

気丈にゲドルフを睨みつける。素性を隠しているとはいえ、国民の前で醜態を晒すことはプライドが許さない。

「ふふ、そうか、さすが神殻戦姫だ。ならば街を一周してきてもらおうか」

パシッと馬の尻を叩くと、シエルを乗せたまま速歩を始めた。

ダダッ！　ダダッ！　ダダッ！　ダダッ！　ダダッ！　ダダッ！

「ひぃあぁっ⁉」

調教されているのだろう、馬は街一番の大通りをかなりの速さで駆けていく。

「うわ、なんだなんだ？」

「暴れ馬か？　いや女の人が乗っているぞ」

「ママ、あれは何をしているの？」

「だめ、見ちゃいけませんっ！」

町の人は呆気にとられて、黒髪をたなびかせる馬上の半裸の女エルフに視線を送った。

男たちの食い入るような視線、女たちの蔑む視線、子供たちの驚きの視線。何百という視線が無数の灼熱針となってシエルを貫く。

「あ、ああっ……そんなに見ないで……あぁぁっ！　恥ずかしすぎますわ……うあぁぁ……見てはいけませんっ……はぁうんっ！」

馬の背が激しく揺れ、当然クリトリスへの刺激が強くなる。ビリビリと電流のような快美が、股間から脳天にまで突き抜ける。重そうな乳房がタプンタプンと上下に弾み、乳首がこれ見よがしに日光を反射する。

「はぁっ……あぁう……と、止まって……止まりなさい……あぁぁぁっ！」

皇妃の懇願を無視し馬は蹄を鳴らして街道を疾駆する。落馬しないように両脚に力を込めて馬の背中を挟み込むしかないのだが、それがますます女芯への淫靡なダメージを増幅させる。ツーンツーンと熱く甘美な刺激が身体の奥底、骨の髄にまで響いて、シエルを悩乱させた。

（あぁっ……こんな街の中で……アソコが擦れて……うう……大勢に観られているなんて……あぁ……見ないでぇ……っ）

激烈な羞恥と快美感とが混ざり合い、かつて感じたことのない感覚がこみ上げてくる。死にたいほどの屈辱に灼かれる胸中に、何か得体の知れない情感がチロチロと燃え燻（くすぶ）っている。

（あ、あ……な、なんですの……これは……？）

戸惑う間にも小さな火の粉がお腹の底で次第に熱量を増していく。そこに注がれる男たちの視線を感じると風に煽られたようにゴオッと赤熱した。それが一体何なのか。今のシエルにはわからない。

「ンあっ……ハアッ……ハアッ……あ、あぁ……ハアハアッ……ゥムンッ」

仮面の下、艶やかな頬が湯上がりのように紅潮していく。過ぎていく景色も陽炎のように揺れて、シエルを淫夢の世界へ誘っていくのだった。

シエルが連行されたのはゲドルフの屋敷にある地下尋問室だった。

「うう……ハアハア……ここから降ろしなさい……くぅあぁぁぁンっ！」

暗く日の届かない密室に艶やかな悲鳴が響く。そこはかつて異端審問などが行われた呪われた場所だが、ヒルデガルドが数年前に閉鎖したはずだった。だがそれは復活し、皮肉にも彼女自身に陰惨な牙を剥いてきた。

回転するベルト状の床の上にロープが張られた奇妙な装置の上に、シエルは後ろ手に拘束され目隠しをされてロープを跨ぐ格好で乗せられていた。

シエルの歩行に合わせてベルト床が回転し、ロープもベルトに連動して動く。その場で延々と歩行を強要する仕組みになっており、シエルはかれこれ半刻ほどもこの拷問装置にかけられていた。首に嵌められたデスプトン首輪に天井からの鎖が繋がっているため、歩き続けなければ窒息してしまう。

さらに股縄には一定間隔で緑色の珠石が装着されており、シエルが歩むほどにその珠石が股間に食い込んでくる仕組みだ。左右の膝も鉄棒で連結されているため、肩幅ほどのガニ股のままおぞましいロープの上から脱出できない。

「グフフ、それもデスプトン鉱石でできた珠だ。効くだろう」

一日ベルトの回転を停止させ、ゲドルフが顔を覗き込んでくる。

「う、うう……これしきのこと……あぁぁむ……なんともありませんっ！」

それでもシエルはアイマスク越しにゲドルフを睨みつけた。

「あれが神殻戦姫なのか？　エルフのくせにエロイ身体だな」

「生意気な背信者め。正体を暴いてやるぞ」

捕らえられた神殻戦姫を一目見ようと、大勢の高官が集まっていた。彼らはゲドルフ配下の人間主義者であり、神殻戦姫に対しても辛辣だ。

「見よ、神に逆らう背信者の末路を。私が単独で成敗し捕らえたのだ！」

自慢げに高笑いするゲドルフ。神殻戦姫をダシにして、自らの権勢を強化するつもりなのだろう。

「まずは本当の名前を教えてもらおうか」

針を横にしたように細めた目が、シエルの仮面の美貌を探るようにキラリと光る。と、同時に歩行ベルトが回転を始めた。ロープが股間に食い込み、珠がクリリングにカツカツとぶつかる。

「くううぁ……はあっはあっ……答える気は……あうう……あ、ありませんわ」

今のところ正体はバレていないようだが、この至近距離では油断できない。何よりこの男に見つめられているだけで虫酸が走るのだ。

「むう、生意気なエルフ女め。自分の立場がわかっていないようだな。聖水をくらえ」

ゲドルフが大型の注射器のようなシリンダーを押すと緑色の液体がピュルルルッと滴り、

シエルの露わな胸元に降りかかる。

「くっ……うぅぁあっ！」

緑の雫が剥き出しの双乳の谷間に散ると、熱蝋を垂らされたような熱さが素肌に襲いかかってきた。それが神殻戦姫にとって害毒であることは明らかだった。

「これはデスプトンから作った媚薬オイルだ。一滴で牛でも馬でも発情させるほど強力だぞ。たっぷり味わうがいい。フフフ」

周囲には聞こえないように耳元で囁くゲドルフ。

「あ、あう……そんなもの……ハアハア……やめなさい……うぅぅむっ！」

媚薬から逃れようと身を捩ると、股間にグリッと淫珠が食い込んだ。ズキーンと響く衝撃が恥丘から子宮にまで走る。

「ほれほれ、もっと歩くのだ。背筋を伸ばし、顔を上げろ」

さらに媚薬オイルがピュルピュルと股間に垂らされる。

「ンあぁぁぁっ！」

シュウッと音がして肌を灼く熱さに仰け反るシエル。それだけではない。オイルをかけられたショーツ部分が少しずつ溶けて薄くなっていくではないか。

「お、おぉ、アレを見ろ」

「神殻戦姫のスーツが……透けて……溶けてきたぞ」

「そんな……ああ、いや……見ないでください！」

こんもり盛り上がった恥丘、漆黒のヘア、その下のワレメの上端……それらが手に取るようにわかってしまうのだ。激烈な羞恥に襲われビクンと胸が反るたびに、双乳がタプンッと勢いよく弾んだ。

「聖水の効果は覿面だな。グフフ」

「も、もう……やめなさい……あ、ああ……こんなこと無駄です……ああぅっ」

「無駄かどうかは、私が決めることだ。ほれ、もっと早く歩け」

ベルトの回転がギュンッと加速される。

「うあぁぁっ……速すぎます……アヒッ、ヒィンッ！　と、とめて……ああぁっ！」

思わず足元がよろめいた瞬間、珠とクリリングが激しくぶつかって、カチンッと甲高い音と共に電撃が放たれた！

ビリビリビリィィッ！　バチバチバチィィィッ！

「キヒィィ～～～～～～～～～～ッ！」

身体を真っ二つにされるような激感に、シエルは汗まみれの身を捩り、黒髪をバラバラに振り乱した。

「ちゃんと歩かないからそうなるのだ。フフフ」

「ひい、あひぃっ！　き、きつい……あぁぁ……きつすぎますっ……ンあぁぁ」

爪先立ちでガニ股歩きというあまりにも無様な格好だが、それを気にする余裕もない。

「グフフ、いい格好だな神殻戦姫」

嗤いながら後ろ手縛りの拘束を解く。

「自分で乳を揉むのだ。そうすればスピードを緩めてやろう」

「くう……あ、あぁむっ……こんなことさせるなんて……ハアハア……あぁうんっ」

命令に従ってオズオズと双乳をいじり始めると、回転ベルトは少し緩んで電撃の威力は抑えられたが、それでも股間をいやらしく摩擦してくることに変わりはない。

「はあぁはあぁ……こんな……はあぁぅン……み、惨めですわ……あ、あぁぁんっ」

アイマスクの下で眉をハの字にたわめ、よろめきながら乳を揉み、無様な足踏みを進めるアージュシエル。両膝を連結されているため歩くテンポは遅く、少しでも衝撃を抑えようと、腰を前に突き出したガニ股で、延々と股縄地獄を味わわされることになる。

「神殻戦姫でも、あんな色っぽい声を出すのかよ」

「すげえ乳が揺れてるぜ、グへへ」

ムニュムニュと自在に形を変える乳房は、生きたマシュマロのようで男たちの眼を楽しませる。

その間にスーツはますます薄くなり、漆黒のヘアを透かせた妖艶な姿に、神官たちがゴクリと唾を飲む音が聞こえてきた。そんな彼らの視線と声も、シエルを淫獄に叩き込む。

(ああ……見ないで……)

あられもない姿を、部下たちの前で晒される羞恥が、シエルの胸奥でジリジリと燃え燻っている。舌を噛み切りたいほどの恥ずかしさだが今は堪えるしかない。

「白状する気になったかね」

「ハアハア……それだけは言えません！　あぁぁんっ！」

「グフフ、足掻いても無駄だ。神殻戦姫。しかしよく見ると、どことなくヒルデガルド様に似ているような気がするな。皆もそう思わぬか？」

「…………ッ!?」

　ゲドルフの言葉で神官たちの視線が一斉にシエルの顔に集中する。アイマスク越しとはいえ、見つめられてドキンッと心臓が跳ね上がる。背信者神殻戦姫の正体がヒルデガルドだと知れれば、国内は大混乱に陥るだろう。それだけは絶対に避けなければならない。

「ち、違います。わたくしは、法皇妃様ではありませんわッ……あぁぁう」

「ふむ、それもそうだな。ヒルデガルド様がこんな破廉恥な格好をするわけがない。フフフ、つまりお前は皇妃様にそっくりなマゾの露出狂というわけだ」

　ウィイィィィ〜〜〜〜ン！　ベルト床が唸り、再び回転がジワリと加速する。

「ンぁう、うう……そ、そうですわ……ハアハア……わたくしは……皇妃様にそっくりな……ああ……マ、マゾの露出狂……ですわ……ろ、あぁぁむっ！」

　ハアハアと喘ぎながら小走りで進まされる囚われの戦姫。クリリングとデスプトンが連続でぶつかり、瞼の裏に快美の火花が散る。カチンカチンと音がするたび、拷問の電撃が甘美な痺れとなって身体の芯を駆け巡る。

　スーツの中でクリトリスの包皮が剥け上がり、秘唇は赤く充血し、むず痒いような奇妙な感覚が蜜口からさらに深く子宮に向かって拡がり始めていた。

（ああ……な……なんですの……これは……？）

最初は媚粘膜を研磨される苦痛のほうが大きかったが、次第に奇妙な甘痺れのほうが大きくなっていくではないか。ヌルヌルとした媚薬オイルの潤滑効果もそれに輪をかけた。

「手がサボっているぞ」

双乳に大量の媚薬をドピュッと浴びせかけるゲドルフ。

「ひぃん……ンあぁ……ああっ……ハアハア……っくふぅん」

自虐の玩弄に乳首はグミのように赤く充血し、硬く勃起させられていた。オイルを塗り込まれたせいで、乳肌は妖しくヌラヌラと輝き、卑猥な肉感を浮かび上がらせる。

ローションはさらに鳩尾からショーツまで濡らして、正義のスーツをスケスケの淫猥露出衣装へと変えていく。

「ゴクリ……す、すごい……どんどん透けてくるぞ」

「露出狂だけあっていい身体してやがる。オッパイもお尻もムチムチだ」

「ううくっ……ハア……ハア……そんな目で……見ないで……あぁぁ」

男たちの視線と声を意識すると下腹がきゅんと熱く疼く。

「見ないでだと？　見られて嬉しいの間違いだろう？」

「ああぅ……う、嬉しいですわ……あくぅん……も、もっと……わたくしの……いやらしいオッパイを……あうう……み、見て……くださいませ……ああン」

（……恥ずかしい……うぅぅ……死んだほうがマシですわ……っ）

　羞恥に身を捩りながら、教えられた惨めな台詞を口にする。これまで皇室で上品な生活を営んできたヒルデガルドにとって、頭がおかしくなりそうな淫辱地獄だった。気がつけば息が上がり、ジットリと汗ばむうなじに黒髪が張りつく。

　だがその一方で股縄に擦られ続ける秘肉はとろとろの蜜にまみれ、視線が突き刺さる乳房の頂点からビリビリと痺れるような快美が走り、心臓に突き刺さる。

（どうしてなの……わたくしは本当にマゾの露出狂なの……？）

「尻を振れ、変態女。お前のいやらしい本性をもっと見てもらうのだ」

「ハアハア……あ、ああ……い、いや……いやン……あはぁんっ」

　弱々しく首を振りながらも、双臀がクネクネと左右に揺れ始める。ムッチリ熟れた桃肉がロープを深くくわえ込む様は、淫靡なストリップダンスのよう。その中心がジットリと蜜にまみれて濡れていることも隠しようがない。

「そろそろ白状する気になっただろう。名前を言うのだ」

「はあはあ、そ、それだけは……死んでも……言えませんっ……ああぁむ」

「なかなか強情だな。そんなところもヒルデガルド様にそっくりだ。だが、これはどうかな？」

　意地悪く嗤いながらベルト床の回転速度を最大に設定する。

「ひあっ、そんな……くぅっ……速すぎますわ……ああぁぁ～～～～んっ！」

倒れないためにはもはや走り出さずにはいられなかった。ガニ股のままの無様すぎる走り方だが、気にしている余裕はない。

「はあ、はあっ……ひぃぃ……あそこが……うぁぁ……擦れて……あひぃぃっ」

ビリビリビリッ！　バリバリバリィィッ！

ブーツで床を蹴るたび、ロープがギリギリッと股間に深く食い込んで、リングを嵌められたクリトリスに快美の電流火花が爆竹のように連続で炸裂した。

「あ、あぁあっ……だめぇ……スーツが……く、食い込んで……あぁぁンっ」

腰をくねらせるたびスーツのクロッチ部分が紐状に捩れてワレメに食い込み、甘美な拷問具と化す。当然漆黒の陰毛もはみ出して、シエルをさらなる羞恥地獄に突き落とす。

「おお、おっぱいがブルンブルン揺れてるぞ、いい眺めだ」

「へへへ、スーツが食い込んで、マン毛も盛大にはみ出してるじゃないか」

正義のヒロインが本来神聖であるハズのスーツから艶やかな陰毛をはみ出させて、豊満な乳房を揺らしながらジョギングしている……卑猥すぎる光景に、神官たちの視線もますます熱を帯びてくる。

「す、すげえ……たまんねぇ」「もうガマンできませんぞっ」

「お触りは禁止だぞ。まあ、オカズにするだけならいいがな」

「おお、ありがたい」

昂奮した男たちが舌舐めずりしながら近づいてきて、自らの肉棒をシコシコ扱き始める。

「ち、近寄らないで……いや、いやぁ、見ないで……あぁぁ……っ」

性処理の役割を強要され屈辱に美貌が歪むが、乳房や股間に集中する男たちの視線を意識すると激烈な羞恥に魂まで灼け焦げてしまいそう。さらに男根から漂ってくる生臭い牡臭を嗅がされると、なぜかキュンッと子宮が切なく疼く。

（どうして……こんな……わたくしの身体に何が起きてますの……？）

混乱したまま、乳房を揺らし、陰毛をはみ出させたまま恥辱のランニングを続けるシエル。ガクガクと震えるガニ股の太腿の内側を、倒錯の蜜汁がツウッと流れ落ちていく。

「グフフ。うっとりした顔をしおって。やはり神殻戦姫は裸を見られて昂奮する露出狂だったようだな。ほれ、自分で言ってみろ、こういう風に……」

囁きながらデスプトン液を勃起クリトリスに浴びせかけた。

ビリビリビリリリィィィ～～～～～～ッ！

「ンあぁぁぁ～～～～～～ンっ！」

敏感になった性感神経を電撃に炙られて網膜に七色の火花がスパークする。汗とオイルにまみれた身体はスーツをほとんど溶かされて、全裸以上にエロチックな姿を男たちに晒していく。

「うあぁぁぁンっ！　わ、わたくしは……ろ、露出狂の変態エルフですわ……ああ……どうぞ、この恥ずかしい姿を見て……あぁぁん……い、引退した年増ヒロインの熟れた肉体を……オ、オカズにしてくださいませ……あぁぁぁんっ！」

ドクンッ！　ドクンッ！　ドクンッ！　ドクンッ！　ドクンッ！

淫らな台詞を口にするたび、下腹に熱い疼きが燃え広がるのを感じて狼狽する。

（な、何……？　これは……あああ……演技のハズなのに……どうして……？）

何か得体の知れない魔物が棲み着いているかのような不穏な喧噪が、下腹部を中心にさざ波のように広がる。ロープを濡らす熱い滴りは、汗か、媚薬か、それとも……。

「私がお前の淫らな本性を暴き出してやろう。ほれ、走れ走れ！　乳を揉め。もっと尻を振りながら走るのだ！」

ロープを左右に揺さぶりながら、バシバシとお尻を叩いて淫靡な綱渡りを強要するゲドルフ。

「ひぅあああっ！　わ、わたくしは淫らなマゾ女です……ハアハア……露出マゾの変態なんです……あああン……恥ずかしい姿を見られたくて……いい歳なのに……神殻戦姫として、復帰した……年増ヒロインですぅ」

自らの言葉が暗示のように、意識に刷り込まれていく。

「はあはあ……あぁぁン……罰として……無様なわたくしを、もっと見て、オカズにしてください……オッパイも……マン毛もよく見てぇ……ハア、ハアンっ」

タプタプと豊乳を揺らしながら、股縄走りを続行させられる黒髪の戦姫。ロープに合わせて腰をくねらせるたび、プリプリのヒップが左右に揺れて、男たちの目を楽しませてしまう。

「感じやがって、変態エロエルフめっ、望み通りぶっ掛けてやるぞ」

「俺は黒髪にかけてやる、ドスケベエルフめ！　それっ！」

痴態に誘われて、若い肉竿が次々に白濁精を迸らせ始めた。

ドピュッ！　ドピュドピュッ！　ドピュルルルッ！

「あひっ！　アアン、熱い……熱いぃっ！　あはぁぁぁ～～～～んっ！」

白濁が命中したお尻や乳房がカアッと灼熱し、それが女体の芯にまで伝わってくる。昇り立つザーメン臭が鼻腔をくすぐり、脳にまで染み込んできそう。とめどなく溢れる愛液で足元に水溜まりができ始めていた。

「はあはあ……うあぁぁ……スゴイ匂い……はぁん……お腹が疼いて……みられて……し、視線も感じちゃう……あ、熱いですわぁ……あはぁんっ」

激烈な羞恥と虐悦とが子宮の中で混ざり合い、ドロドロに女の中心を溶かしていく。何かが下腹でドクンッと蠢くたび、無意識のうちに前後に腰が揺れて、蕩けた蜜陰核を股縄に擦りつけてしまう。その動きは自慰そのものだった。

（ああ……見られているのに……わたくし……何をしているの……あぁ……）

次第に意識は朦朧とし、桃色に燃え立つ陽炎の中、新たな男たちが肉勃起を擦りながら近づいてくるのをウットリした眼差しで見つめるのだった……。

「はあ、はあ……ハッ!?　こ、ここは!?」

気がつくとそこはヒルデガルドの寝室だった。状況が呑み込めず混乱する頭で記憶をたぐり寄せる。

「ッ！」

「あの程度で気を失うとは情けないですぞ、神殻戦姫、いやヒルデガルド様」

ゲドルフに見下ろされ、ギクリとする。

「そこまで仮面が壊れては、すぐにわかりましたよ。まさか法皇妃様がアージュシエルだったとは。他の者は気付いていないようですがね」

溶けてボロボロに半壊した仮面を指差してニヤリと嗤う。

「ち、ちがいます……わたくしは……ヒルデガルドでは……ありません」

「まだシラを切るつもりですか？　フフフ」

ニヤニヤと嗤うゲドルフ。ほとんど正体はバレているのに必死に否定する姿は滑稽ですらあった。

「そんな格好で睨んでも無駄ですぞ、ヒルデガルド様」

ゲドルフが口元をいやらしく歪める。反抗しようにも腕は後ろ手に拘束され、さらに両脚はM字開脚に拘束されて、膝が乳房の横にくるほど身体を折り畳まれていた。スーツもほとんど溶け落ちて、さながら祭壇に捧げられた生け贄という状態だ。

「大勢の男たちのオカズにされて、とても昂奮したようですな。マゾの露出狂というのも演技ではなかったようですなぁ」

「うう……そんな……こと……」

シエルは反論できず唇を噛む。あの後、何人もの男たちの性欲のはけ口にされ、何十発という白濁液を全身に浴びせられた。その間、得体の知れない昂奮状態に巻き込まれ、乳房や双臀をこれ見よがしに振りたくってしまった。

それは愛する夫とのセックスでは感じたことのない、魂を焼き焦がすような異様な高ぶり。あれは一体なんだったのだろうか……？

「わたくしは……そんなふしだらな女では……」

「私とヒルデガルド様との間で隠し事は不要ですよ。それにしてもいい眺めだ」

上半身のスーツはほとんど溶解し、乳房は雪のように白い肌とイチゴのように赤い乳頭を露出させている。ショーツはかろうじて聖域を覆っているが、媚薬とデスプトン珠に擦られ続けたせいで極薄状態になっており、艶やかな陰毛、左右の花びらや、リングを嵌められてしこった陰核の様子まで透けてしまっていた。

「どれ、味わわせてもらいましょうか。法皇妃様のオマンコとやらを」

ベッドに上がったゲドルフが、いわゆるシックスナインの体勢で剥き出しにされた股間に顔を埋めてきた。

「ひぃっ！　やめてっ！　無礼は許しません……ううぅっ！」

ベロリと伸びた太い舌がクレヴァスに沿って上下するたび、ピチャピチャとネコがミルクを飲むような音が響く。

「ムフフゥ……なんという甘露だ。この熟れた神秘的な匂い……さすがは高貴なハイエルフですなぁ……ぴちゃくちゅっ」

「あ、あぁッ……うぅ……やめ……はぁぁう……そんなところ舐めてはいけません……あぁ……み……身分をわきまえなさい……ンンぁっ！」

クロッチは膜のように薄くなっており、舌の動きはほぼダイレクトに伝わってくる。窄めた唇に包皮を剥かれ、剥き出しになった鴇色の真珠をペロペロと舌先で磨き上げられる。

「その下等な人間族の愛撫で感じているのはどこのどなたですかな？　フフフ」

「くぅっ……だめ……あぁっ……だめぇ……あぁぁぁ～～～～ッ！」

股縄責めで敏感になっているのだろう。キューンと突き刺さる甘美な針が、妖しい毒を含んだ注射のように身体の奥深くにまで貫通してくる。生まれて初めてのクンニリングスを受けて、心と身体の動揺は隠せないが、シエルを困惑させるのはそれだけではない。

（うぁ……人間の男なんて……屈辱なのに……なんですのこの感じは……？）

臍の裏辺りが、断続的に脈打つようにドクンドクンッと熱く疼いている。馬の背で街を引き回されたり、淫らな綱渡り拷問にかけられた時に感じた男たちの視線や罵声、浴びせられた精液の熱さや匂い……視覚、聴覚、嗅覚……それらあらゆる感覚が呼び起こした異様な衝動。その熱く滾る欲求の正体が一体なんなのか。知りたいと思う反面、知ってはいけないという本能的な予感もあった。

「私にも、舐め舐めしていただきましょうか」

困惑するシエルの眼前に、ゲドルフが巨根を握り突きつけてくる。

「ひい……い、いやぁっ！」

（ああ……なんて……大きいの……）

眼をそらすより先に、シエルの中で何かがカアッと燃え上がった。

どす黒い肉棒は夫のモノを遙かに凌駕する長大さで、シエルの目を釘付けにする。パンパンに膨れた亀頭、胴部にのたうつ血管、剛毛に覆われズッシリ重そうな陰嚢。すべてが規格外、夫とは比べものにならない逞しさなのだ。

「はううっ……いやです……そんなことしたくありません……くうう」

しっかりと唇を閉じ合わせ、断固拒否する。だが……、
ドクッ……ドクッ……ドクッ……ドクッ……ドクッ！

（ああ、またぁ……）

牡の匂いを嗅がされると、昂ぶりに連動して得体の知れない欲情が子宮を中心に波紋のように燃え広がり、はしたない唾液が舌の根に湧いてくる。

（まさか、コレを欲しがっていたの……？　だ、だめよ……こんな男に……っ）

身体の奥から湧き起こる衝動の正体を教えられ、シエルは激しく動揺させられた。だが情欲に潤んだ仮面の眼差しは、逞しい巨根棒から離れない。

「グフフ、グッショリ濡らして。これだけいい身体をしていて、男日照りはつらかったでしょうな、ヒルデガルド様」

何かを確信した様子のゲドルフが、真上から剛棒を唇にねじ込んできた。

「ひゃめ……違うと言って……んぐっ……むふぅぅんっ」

もはや喰い縛ることもできず、硬い亀頭が舌を巻き込み、口腔をいっぱいに満たす。熱く硬い淫らな感触が、皇妃の脳をジーンと痺れさせた。

「素直になるのです。グフフ、マンコの中はもうトロトロですぞ。チンポが欲しいと啼いておりますわい」

分厚い唇をシエルの秘園全体に覆い被せてジュルッ、ジュルルルッと愛液を吸い出していく。子宮から命の素を吸い取られるような激感だ。

「ンぐふぅ〜〜〜〜ッ！　ぷはぁぁ……ひゃめてぇ……はあはあ……んぐぶぶぅぅっ……ふむぅンっ」

食道付近にまで押し込まれ、細い喉がギクンッと仰け反る。レイプ同然の暴虐におぞましさが募る一方で、媚粘膜は憎い男の淫技に応えるようにキュンッと収縮し、何かを欲しがるようにヒクヒク収斂してしまう。

（ああ……大嫌いな……しかも人間の男にこんなことされて……いやなのに……どうして……わたくしは……おかしくなってしまったの？）

嫌悪感はまったく消えていないどころか、ますます大きくなっている。そのくせ子宮は別の生き物のように熱く燃え、もっと舐めて欲しいと言わんばかりに腰がせり上がり恥丘を差し出してしまう。混乱したまま、犯される舌唇も嬉しそうに巨根に擦り寄ってしまうのだ。

「おおっ、法皇妃様の唇が……チンポに吸いついて……なんという気持ちよさだ……そんなにチンポが欲しいのですかな、フフフ……ハアハアッ」

テクニックはなくとも、高貴なハイエルフの唇を犯していると思えば、快楽は何十倍にも増幅され海綿体を膨れ上がらせる。

「ぐふふ、そろそろ出してあげますぞ、ヒルデガルド様。ザーメンをタップリと飲めば素直になるでしょう、クチュルルルッ……ぐふはぁっ」

ラストスパートに入り、反逆の往復運動を加速させる枢機卿。同時に膣孔に唇を密着させ太い舌をヌプヌプとピストンさせる。

「んむぅっ……ちがうぅ……わたくしは……ヒルデガルドでは……はぁあン……お口になんて……んむむむ……らめぇ……んむぅ、くむちゅぱぁッ」

口の中で亀頭が膨らみ、ピクピクと脈動を始める。射精の予兆を感じ取り、腹の底で何かどす黒いモノがドロリと蠢動した。

(ああ……だ、出されちゃう……お口の中にぃ……)

皇族にとって信じられない変態行為だが、恐怖と同時にこみ上げるのは淫らな期待感と戦慄。これ以上責められたらどうなってしまうのか。自分の行く末が恐ろしくてシエルは首を振りたくる。だがそんな抵抗もゲドルフには絶好の快楽刺激にしかならない。

「男の精を飲むのは初めてですかな？　きっとやみつきになりますよ」

腰を振って垂直ピストンを喉奥に送り込みながら、リングを嵌められたクリトリスに甘噛みの歯を当ててきた。

「ンおおっ、あおぉ～～～～～～～～～～～～～～ッ！」

ズキーンと痛みにも似た快美が牝芯に突き刺さり、網膜に七色の火花が散る！　仰け反る拍子に、巨肉勃起を根元までくわえ込んでしまう。

「くおおぉっ、チンポが溶けそうだ……はあぁ、高貴なお口に射精しますぞぉッ！　おりゃあぁぁっ！」

ドビュルッ！　ドピュドピュッ！　ドプドプドプゥゥ～～～～～ッ！

「んぐぅっ！　むぐふぅ～～～～～～～～ッッ‼」

剛棒が荒々しく拍動し、怒濤の勢いで送り込まれる白濁流が口腔を一瞬で満たし、食道へと雪崩れ込む。あまりの勢いに目を白黒させるアージュシエル。

「まだ出ますぞぉ、こぼさずに飲み干すのです！　おほぉおっ！」

「んむごぉ……んぐっ……ごくっ……ごきゅン……お、おお、おほぉぉおうっ」

ザーメンで溺れそうになり必死に嚥下するが、それでも飲みきれないザーメンが鼻腔から溢れ出した。

（うああ……こんなにいっぱいぃ……っ）

汚辱の牡精粘液が喉を下るたび、目眩く愉悦が腹の底から湧き起こり、シエルの中の女の本能を直撃する。

「～～～～～～～～～～～～～～～～～～～ッ！」

まるで膣内射精されたかのような牝悦がシエルの官能を焼き尽くした。頭の中が真っ白になり背筋がピーンと伸びきって、爪先が丸まっては突っ張ることを繰り返す。

「う、うう……む……くふぅん……ぷはぁ……ハアハア……っ」

やがてガクリと弛緩する皇妃の唇から剛棒が引き抜かれ、泡立つ白濁ザーメンがドロリと垂れ落ちた。

「これで味覚も男を覚えましたな。グフフ」

「はあっ……はあっ……はぁ……く、くやしい……はあはあ」

独特の塩苦い味と生臭さを味わわされ、美貌を屈辱と羞恥に歪める。しかし官能に火を着けられてしまった表情は湯上がりのように蕩けて、女の弱さと色香が滲み出している。

腰も無意識のうちに左右にくねっていた。

「グフフ、残るは触覚……ここに最高の快楽を刻んであげましょう。下の口にもチンポが欲しくてたまらないでしょう」

口の周りをベトベトにして、ゲドルフがニヤリと嗤った。そのまま股の間にポジションをとり、いよいよ挿入の体勢に入る。クロッチ部分を亀頭で軽く抉ると、薄絹越しに泥濘状態の媚肉がヒクヒクと蠢いて男の目を楽しませた。

「ンあぁ……ほ、欲しくなんか……ああ……あ、ありません……うぅっ……あなたなんかにぃ……ッ」

最後の抵抗を試みるシエル。スーツもかろうじて聖域を守っているのは彼女の精神の潔癖さの表れだろうか。

（あああ……犯されてしまう……でも……）

ゲドルフに見つめられるとドキッドキッと動悸が加速し、呼吸が乱される。下腹が異様に熱くなり、白い肌に緑色の光の筋が明滅し始めた。塩を塗られたような強烈な渇きが、喉奥や秘奥に湧き起こる。何かを欲しがるように、蜜孔が浅ましくヒクヒクしてしまう。

「口でなんと言っても、マンコはトロトロに蕩けてますぞ」

ゲドルフが剛棒の付け根に黄金のリングを嵌める。リングにはデスプトンが埋め込まれており、不吉な魔力の光を放っていた。

「ハアッ……ハアッ……またそんなものを……ハアハアッ……も、もうやめて……あぁぁ……はぁうン」

弱々しく首を振るものの、潤んだ瞳はゲドルフの巨根肉棒から離れない。子宮の疼きはますます強まり、我知らず腰がくねってしまう。喘ぐ下腹の上で緑色の光が躍った。

「これでトドメを刺してあげますぞ、ほれほれ」

剛棒をグイッと突き入れる。射精後にもかかわらずまったく硬度が落ちない肉杭が、極薄の生地を巻き込みながら侵入していく。スーツは限界まで薄く伸びきり、今にも裂けてしまいそうだが、かろうじて最後の一線を守っていた。

「ふうむ、スーツが邪魔でこれ以上入れられませんなぁ」

焦れることなく余裕の笑みを浮かべ、枢機卿は亀頭を牝孔に浅く食い込ませたまま、クチュクチュと掻き混ぜる。シエルが自らの肉欲に屈し崩壊するのをじっくり待つつもりなのだ。

「あ、ああ……お、お腹が……アソコがぁ……はあぁぁうん」

牡の気配を感じたのか、子宮が降りてしまう。ドクンドクンと全身の血流が子宮に集中しているかのように、下腹部が熱くなって疼きだした。

(欲しい……ああ……もっと奥まで……うう……だめよ、そんなこと考えては……っ)

淫らな言葉が思わず口から飛び出しそうになり、慌てて唇を噛む。馬上で晒し者にされた時に身体の奥底に芽生えた小さな火種。それは股縄拷問で少しずつ成長し、ゲドルフのザーメンを飲まされたことで一気に開花し、シエルの高貴な理性を内側から喰らい尽くそうとしていた。

「欲しいと言うのですよ。グフフ」

円を描くようにしてクロッチ部分を小突き回す。

「う、うう……あぁぁ……そ、それは……あああぁ……それはぁ……」

心がグラリと揺らぐ。今この男に屈すれば、完全に正体がバレてしまうだろう。それだけは絶対に避けなければならないのだが……。

「ご自分に正直になるのですよ」

卑猥な唇がベチャアっと重ねられた。

「いひゃ……んむむっ……ふむぅぅん」

唇を塞がれ、小鼻を膨らませて喘ぐ。うっすらと開いた青瞳に情欲の炎をチロチロと燃やしながら……。

「私とセックスしたいと言うのです」

肉勃起の位置を少しずらし、汗ばむ太腿に擦りつけてくる。巧妙な焦らしに内腿がサッと鳥肌立った。

「あ、ああ……だ、だめ……んむぅっ……それだけはだめぇ……くちゅうん」

隙を突いて舌がズルリと侵入してくる。それを押し返す力は残されていなかった。舌を搦め捕られて強く吸われると、意識まで吸い取られたように頭の中が真空状態になる。

「んふ……あふぅっ……あ、ああ……むうぅん」

（つばが……あああ……どうしてこんなに……美味しいの……）

ドロドロと流し込まれる唾液までも甘美に感じられ、コクコクと喉を鳴らして飲み下してしまう。もう相手が嫌っていた男だということも消えかかっていた。

「ふむ、ここまで責められても堪えるとは。残念ながら諦めますか」

意地悪く嗤いながらスッと腰を浮かせる。

「ああっ、だ、だめぇ……っ！」

その刹那、焦れったさが爆発し、堪えきれない叫びが迸る。牝の本能に支配され、自分が自分でなくなっていくよう。それは恐怖でもあり、狂った期待感でもあった。

「何がダメなのですかな、フフフ」

再び唇を奪いながら、勃起を恥丘に押し当てる。ペニスのリングとクリリングとが擦れ合い、カチカチと快美の火花を散らした。

「ンあぁ……ほ、欲しい……あああ……欲しいんですっ……うう……もういじめないで……はあはあぁ」

堪えきれず、叫ぶようにして懇願してしまうシエル。

「ククク、どこに何が欲しいのですかな？」

それに対してゲドルフはどこまでも執拗に尋問を繰り返す。

「ああ……それはぁ……ンあぁ……」

躊躇するもほんの一瞬だ。身体を内側から灼き焦がす情欲に突き動かされ、ハアッと吐息を漏らして、喰い縛れない歯並びを切なげに光らせる。

「ハアハア……わ、わたくしの……ううう……あ、あそこに……」

「もっと具体的に言うのですよ、こういう風に……」

耳元で囁きながら、もう一度ペニスを遠ざける。

「あああ……いやぁ……焦らさないで……っ」

それだけで気が狂いそうな焦燥感に襲われて、仮面の美貌をクシャクシャにする。極限にまで膨らむ淫欲で子宮から火が出そう。もはや皇妃としての誇りも、戦姫としての矜持も崩壊寸前だった。

「わ、わたくしの……オ、オ……オマンコに……ああ……逞しい……ゲドルフさまの……オ、オチンポを……あぁ……入れて……くださいませ……あああ……セ……セ、セックスしてください……あぁぁッ」

（あなた、ゆるして……）

悔し涙が滲む瞼に浮かぶ夫の面影に詫びながらも、腰は左右にくねり、男を誘い続ける。もう暴走する肉体を止められなかった。

「ククク、いいでしょう、それぇっ！」

凶悪な肉槍を秘園の中心に押し当てて、グイッと突き入れる。意思の力を失った変身スーツはいとも簡単にブチィッと裂けてしまった。

「あああ……入ってくる……ンあぁぁぁ～～～～ッ！」

「ぐははぁっ！　これでヒルデガルド様は私のモノだぁ！」

あたかも処女膜を破ったような昂奮に身震いしながら、猛々しい剛棒を最奥まで一気にねじ込んだ。

ズブリ！　ジュブッ！　ジュブジュブゥゥ～～～～ッ！

「うああぁッ……す、すごいぃ……こんなこと……はひぃん……いけないのに……ゆ、許されませんのにぃ……あなたぁ……そんな……何かきちゃう……あぁぁ～～～～っ！」

雷のような感覚にギクンッと背中が反り返り、眦が裂けんばかりに瞳が見開かれる。M字拘束された爪先がピクピクと痙攣した。

「入れただけでイクとははしたないですぞ、ヒルデガルド様、グフフ」

完全に剥がれ落ちた仮面を見せつけながらニヤリと嗤うゲドルフ。

「ハアハア……あぁ……こんな……わたくし……」

蛇のように嫌っていた男に犯され、気をやらされ、さらには素顔まで暴かれてかつてない敗北感に打ちのめされる。神殻戦姫アージュシエルの力の源は夫への愛。それさえも奪われてしまったということなのだろうか。

（そんな……そんなハズは……）

「神殻戦姫の正体がヒルデガルド様だった……このことが国民に知れたら一大事ですな。グフフ」

白々しく嗤いながら勝ち誇った笑みを浮かべる。

「公にされたくなければ、私の言うことを聞いてもらいますぞ」

ネチネチと話し掛けながら、蜜奥をこねくり回す。それは実質的な脅迫だ。

「ああ……あなたは……はうぅ……卑怯ですわ……あはぁうん」

「嬉しそうにチンポをくわえ込んでおいて、何を言っても無駄ですぞ。それにおねだりして誘ってきたのはヒルデガルド様ですよ」

深く浅く、緩急をつけた巧みな腰遣いで皇妃を翻弄していく。高く突き出たカリがざらつく天井と擦れ合い、狂おしい快楽を送り込んできた。

「言わないで……あああっ……そ、そこは……だめ……あぁぁぁむ」

口では拒絶するものの精液への欲求はますます強くなる。押し寄せてくる肉悦に頭の芯が痺れたまま、鮮やかな桃色にトロけた媚肉を晒し、腰をくねらせてしまう。

「オオ……温かく濡れて……キュウキュウしゃぶりついてくるわい」

亀頭を柔らかく包み込む一方で、カリ首への締めつけは生ゴムのようにきつい。新妻の熟れと若さをミックスした至高の蜜肉は、海千山千のゲドルフを唸らせるほどだった。気を抜けば一瞬で搾り取られてしまうだろう。

「たまらん味わいだ……これが皇族ハイエルフのオマンコか……では私も本気を出さねばなりませんなっ……ハアハァッ！」

拘束を解いた太腿を肩に担ぎ上げ、のし掛かるようにしてヒルデガルドの身体を二つ折りに折り畳む。いわゆるマングリ返しの体位だ。

「ぅうあぁ……そんな激し……ンはぁッ……こんな格好……だめ……あぁぁぁむっ！」

ジュボッ！　ズププッ！　ジュボジュボッ！　グッチュンッ！

力強い杭打ちをズンズンと子宮に撃ち降ろされ、あられもない啼き声が唇を震わせる。夫とのセックスでは味わえなかった、魂を揺さぶる肉悦だ。

「死んだ夫のことなど忘れさせてあげますぞ、グフフフ、私のチンポなしでは生きられない牝になるのです」

「ああ……そんな……ああ……いやぁ……あ、あぁんっ」

必死に首を横に振るものの、ゲドルフの言葉を振り切れない。渇きと飢えとが混ざり合い、子宮を内側から燃え上がらせる。

（ホシイ……ホシイ……ナカニ……ホシイ……ダシテ……ホシイノ）

　淫らな声が脳内にリフレインし、一刻も早く射精して欲しくなる。淫欲に支配された腰がくねり、柔襞が剛棒に擦り寄って、もっと奥まで迎え入れようとしてしまう。牝牡の結合部から白く粘つく本気汁が溢れ出し、グチョグチョに泡立っている。

「フハハァッ！　おお、絡みついて、しゃぶりついてくるわい。こんなスケベな不倫マンコは初めてですよ、グフフゥ」

　腰を捻って回転を交えながら、逞しい巨根を蕩けた媚孔に深く侵入させていく。

「ひぃあぁぁ……不倫だなんて言わないで……ああ……そんな奥まで……あぁぁ……だ、だめ……ンあぁ……深いぃぃ……あぁぁぁ～～～～ンっ」

　杭打ちピストンがズンズンッと連続で食い込み、杵臼で搗かれる餅のように子宮がムチャクチャに捏ね回される。理性が押し潰され粉砕され、牡精への異常欲求が極限まで膨らんだ。

「感想を聞かせてもらいましょうか。ほれほれ、アレク様とは全然違うでしょう？」

「うぁぁ……ふ、太くて……硬くて……す、すごすぎます……あぁぁん……あの人とは……はあはあ……全然違いますわ……あぁぁンっ」

　我が身を貫く熱量と質量に圧倒され、夫との格の違いを思い知らされる。もし射精されれば、一体どれだけの白濁液を撃ち込まれるのだろうか。

（だめ……だめよ、そんなこと考えては……）

黒髪を振り乱して首を横に振る。だが一度浮かんだ妄想は頭にこびりついて離れない。

背徳感と期待感が混ざり合い、ゾクゾクと背筋が震えた。

「はぁはぁ、たっぷりと注ぎ込んであげましょう。このふしだらな不倫マンコにね、フフフ」

嘲笑いながら唇を重ね、ドロドロと唾液を流し込んでくる。

「んむうぅん……な、中に……っ……中に出されちゃう……あぁぁ……いけないのに欲しくなって……くちゅぱぁ……あなた……ゆるして……あ、あぁんっ」

夫に詫びる言葉と裏腹に積極的に舌を伸ばし、ゲドルフの唾液を従順に飲み下すヒルデガルド。

（あぁ……唾も……美味しいのぉ……っ♥）

牡の味がさらに精への渇望を刺激し、モジモジと仰向けのヒップが揺れる。全身の肌が湯上がりのようにピンク色に染まって妖艶な色香を放った。ゲドルフの声も体臭も、すべてが皇妃を発情させていく。

「感じてますな。余程セックスが好きなんですな。ほれほれぇ」

双乳を揉みしだき、真っ赤な乳首をつねり上げてゲドルフが迫る。

「はひぃ……ヒルデは……セックスが好き……ああ、セックスが大好きです……あぁっ」

譫言のように卑猥な言葉が溢れ出る。もう自分で自分が抑えられない。

「グフフ。さぁ、おねだりするのですよ。そうすれば精液を御馳走してあげましょう」

ジュブッ！　グチュッ！　ジュブッ！　ヌプッ！　グチュルルッ！

ラストスパートに入ったゲドルフが苛烈な杭打ちを叩き込んでくる。荒々しいだけでなく、巧みな腰使いも見せて未亡人皇妃を翻弄していく。かつて夫に抱かれたベッドがギシギシと悲鳴のような音を立てて軋んだ。

「ンあぁあッ……イイッ……ゲドルフ様の……ゆ、優秀な……こ、子種を……うあぁぁ……ヒルデの……はしたない不倫マンコに……お、お恵みくださいぃ……ああ……いっぱい種付けしてくださいませぇ……あぁんっ」

自分で何を言っているのかもわからないまま、囁かれた言葉を返してしまう。自らの淫語にも被虐の情感が燃え上がり、暴走した肉欲の戦慄きが収斂となって肉棒をギュウッと喰い締めてしまう。

「なんと浅ましい淫乱皇妃様だ。くうおぉぉっ！　くらえぇッ！」

何十枚という唇にしゃぶられているような快楽にゲドルフが吠える。獣のように最奥までぶち込んだ後、積もりに積もった情念を皇妃の蜜壺に解き放つ。

ドビュッ！　ドビュッ！　ドバドバドバァァァァッ！

「アヒィィィ～～～～～～～～～～ッ！」

熱蝋のような灼熱の精液を子宮に浴びせかけられ、ギクンッと背筋が反り返る。夫を遙かに超える射精量に子宮が歓喜の悲鳴を上げた。

「グフフ、イク時はイクと言うのですぞ、ヒルデガルド様。ほれぇ！」

ドビュルルルッ！　ドプドプドプゥッ！

連続で撃ち込まれる真っ赤な火柱が子宮も心臓も貫いて脳幹を直撃し、ヒルデガルドを官能の極致へと追い上げていく。キリキリと歯を喰い縛り首を左右に振って、背徳快美に抗おうとするも一瞬の事。

「アオオォオッ！　イ……イクッ！　アアアァ……イクイクゥッ！　あなたぁ……不倫マンコ……イっちゃうぅ〜〜〜〜〜〜ッッ！」

艶やかな牝声を振りまいて、汚辱まみれの被虐アクメを極めてしまう。汗にまみれ鞴のように喘ぐ下腹部に赤い淫紋が浮かび上がった。

「ククク。後始末もお願いしますよ」

引き抜いた肉棒をヒルデガルドの口元にあてがい、ルージュを塗るかのように精の残滓を塗りつける。

「はあはあ……ハイ……ンぁ……くちゅ、むはあぁン」

虚ろな表情のまま、愛液と精液でドロドロに濡れた肉勃起に愛おしげに舌を這わせていく。いまだに勃起したままの逞しさが、ヒルデガルドをますます虜にする。

「はぁああン……オチンポミルク……とっても美味しいですわ……あふぅんッ」

自分をレイプした男の性器に奉仕するという屈辱の行為にすら、妖しい昂奮を覚えてしまうヒルデガルドだった……。

「うまくいっているようじゃな」

その様子を遠く離れたゴブリンアジトで水晶玉に映して観察しているのはゾドムだ。

「お前がシエルに取り憑かせたのは『貪欲』の機性蟲じゃ。食事は精液しか受けつけなくなり、口でも子宮でも尻の穴でも常に牡精を求めるようになる。常に牡の目を意識して、肉体も牡を誘惑する淫らなモノへと変わり、やがてチンポなしでは生きられない色情狂の痴女になるのじゃよ。ヒヒヒ」

嬉しそうに嗤うゾドム。その股間にはアージュスレイブの漆黒スーツに変身させられたリリーナが無念そうな表情で顔を埋め、フェラチオ奉仕をしている。

「んふっ……くちゅぱ……お姉様、ゆるして……ああ……悔しいのにお口が止まらない……うう……ちゅぱ……あふぅん」

心は正気に戻っていても、肉体の支配権は完全にゾドムに握られていた。

「仲間ができて嬉しかろう。そのうちお前も再調整して姉と一緒に責めてやるわい、ヒヒヒィィッ！」

ドビュッドビュッドビュウッ！

「んぐぐぅ……ごくごくぅん……あはぁン……イ、イクぅっ……」

リリーナの口内に邪悪な白濁精液を放つゾドム。頭の中では美しいエルフ姉妹を貪り尽くす計画が着々と練られていた。

第三章　淫獄の姉妹編

「まったく……手こずらせおるわい」

　苦虫を噛み潰したような表情のゾドムが見つめる先には、淡い緑色の液体で満たされた円筒状のガラス容器があった。二つ並んだショウケースのようなその中に、神秘的な水中花のごとく浮き漂っているのは神殻戦姫のアージュシエルとフラムであった。

「どこに力を隠していたのじゃ？　じゃじゃ馬どもめ」

　ほんの半刻前、ゲドルフの提案で姉妹丼を楽しもうとしたところ、突如合体技を繰り出して、ゴブリン城を木っ端微塵に爆砕したのである。力を使い尽くしたところでなんとか取り押さえることができたのだが、被害は甚大で多くのゴブリン兵が死傷した。ゾドム自身も負傷し、またしても機械の部分が増えてしまった。さらに枢機卿ゲドルフが巻き添えで死んだのは、今後の計画を考えても痛い誤算であった。

「地下室が無事だったのは不幸中の幸いか。ゲドルフは後で機獣に再生改造するとして……機性蟲だけで神殻戦姫を抑えられると思ったのは甘かったわい。もっと徹底的に改造する必要があるようじゃな、女に生まれてきたことを後悔するほどになぁっ！」

　怒りに震える指がスイッチを押す。カプセル内に機械触手が生え伸びてふたりの身体に巻きつき、眠ったような美貌に洗脳用のバイザーが装着される。

続けておぞましいメタリックな触手が唇を割り広げて喉奥深くにまで挿入され、さらに一際太い機械触手が蜜穴にズブズブと潜り込んでいく。

「まずは子宮と卵巣を我ら亜人族の子を産めるように改造してやるわい」

カチカチと操作盤の上で指が躍るたび、機械触手が不気味にうねり、戦姫たちの身体がビクンビクンと戦慄いた。送り込まれる極小の機性蟲が細胞レベルで肉体を造り替え、その様子は機械触手とリンクしたゾドムの機械の眼によって観察できるのだ。

「いい感じじゃな。どれ、マンコはどうかのぉ？」

映し出されるのは姉妹の女性器の内側。柔らかな桃色粘膜に新たな柔襞が形成され、さらにデスプトンの珠が一つまた一つと埋め込まれていく。

「なんとも気持ちよさそうなマンコじゃのぉ。ヤルのが楽しみじゃわい」

淫らな期待にゾドムの股間はギンギンにそそり立つが、生きたまま改造されていくエルフ姉妹にとっては地獄であった。

「感度も十倍くらいに上げてやろうかのぉ。クヒヒッ」

唇の端から涎を垂らしながら、ダイヤル状のスイッチをグイッと回転させた。ヘッドバイザーがチカチカと明滅し……。

「んぐぐ……んんむ～～～っ！」

「あう……くぅぅ……ンンッ！」

流し込まれるのは膨大な快楽信号だ。脳に直接命じられる強制的なアクメに、意識がないまま身悶えるシエルとフラム。激しい痙攣は快楽の大きさを物語っており、その姿は海の魔物に捕らえられた人魚とでもいうべきか。水槽の中の淫虐拷問は、恐ろしく残酷ながらも、妖しく美しい。

「ククク、イっておるな。そのまま麻酔代わりの快楽を味わうがよいわ。淫らな夢から覚めた時、どんな顔をするか楽しみじゃよ」

「さて、ふたりとも同じではつまらんからな、アージュシエル、お前はケツの穴でよがりまくる、変態アナル奴隷に改造してやるぞ」

別の触手がシエルのムッチリ張った尻タブを掻き分けて、菊蕾をこじ開けていく。

「んぐ……うむむ～～～っ！」

排泄器官におぞましい触手を挿入されて、シエルの端整な美貌が苦悶に歪む。チューブをくわえさせられた口から泡がボコボコと吐き出された。

「まだまだこれからじゃ」

深く挿入された機械触手が抜き差しを繰り返し、改造用機性蟲をドッと迸らせる。

「おおっ、ヒダヒダがどんどん発達して、ナマコのようにいやらしく前後に蠢いておる。あの膨らみはGスポットじゃな。まるでオマンコ……いやそれ以上かもしれんのぉ。実にエロい、ヒヒヒ、ゲドルフも草葉の陰で喜んでおるじゃろうて」

着々と身体を造り替えられていくシエルが、イヤイヤするように腰を捩る。

「苦しいか。ほれ、今度は快楽二十倍じゃ」

　さらにダイヤルが回され、バイザーの明滅が加速する。シエルの身体が弓なりに反り、細い顎が仰向く。

「んっ！　んむぐっ！　ふぐぅ～～～～～～～ンン！」

　強制されるアクメに拘束された手脚がピーンと突っ張り、黒髪がデスプトン溶液の中でオーロラのように舞い乱れた。渦巻いて揺れるデスプトン溶液の煌めきが、幻想的な美しさを醸し出していく。

「ウヒヒ、いいザマじゃ。さて次はフラムじゃな」

　赤い機械の目が、サディスティックにぎらつきながらフラムの美しい裸身を舐め上げる。スポーティで筋肉質に引き締まった少女の身体は、改造のし甲斐がありそうだ。

「やはりお前は乳じゃ！　そのけしからん乳じゃな！」

　執念が乗り移ったように触手がフラムの乳房に巻きつく。蛇頭のような先端が割れ、細い針のようなモノが突き出されてきた。

「醜く膨れ上がった牝牛のような、とびきり淫らなエロ乳に改造してくれるわ！」

　細い針がズブリと乳頭に突き刺さり、そのままズズッと押し込まれる。針はかなりの深さに達し、おそらく乳房の中程にまで届いているだろう。

「すかさず快楽二十倍じゃ」

「う、うむむ……あうっ……あうぅぅんっ」

　洗脳バイザーから送り込まれる電気パルスが脳内の官能中枢を直撃する。意識も肉体も通り越して、無慈悲で機械的なオルガスムスの波がフラムを連続で襲った。

「乳首も乳輪もデカくして、ミルクが出るようにしてやるわ。それだけではないぞ、チンポをくわえ込めるマンコのように改造してやるわい。ヒヒヒ」

ドクンッ……ドクンッ……ドクンッ……ドクンッ……。

おぞましい改造用小型機性蟲が注入されていくたび、フラムの乳房も少しずつ膨らんでいく。そしてやはりシエルのお尻もボリュームを増していくのだ。

「あ、あああ……あぁぁ……ひぐうぅ……あぁん……ひぐぅ……っ」

「ンあぁ……おぉ……はぁウン……ふうぐぐ……はぁむ……ふぐぅぅ……っ」

おぞましい運命が待っていることも知らず、姉妹はデスプトンのカプセルの中で淫夢に身を捩り、強制エクスタシーに悶え続ける。

「クヒヒヒッ。いいぞ。踊れ踊れ……淫らに舞うのじゃ！　ヒヒヒィッ！　こんなに昂奮するのは久しぶりじゃあっ！」

少しずつ芸術品を完成させていくような充実感と昂奮を覚えながら、ゾドムは高笑いするのだ。


「う……うぅ……ここは……」

頭を振りながら目覚めるフラム。そこは薄暗い牢獄だった。力を奪われたせいか、仮面も剥がされてしまっている。

「うう……私たち……ゾドムにやられて……ああっ」

立ち上がろうとしてバランスを崩し、よろめいてしまう。

「なに……こ、これは……あああぁっ！」

自分の身体を見て驚愕に瞳を見開く。双乳が異様なほどに膨らんでいたのである。もはやスーツには収まらず、勢いよく飛び出した頂点には、掌サイズにまで拡大された乳輪と乳首が卑猥な姿を晒している。

「ど、どうなってるの……⁉」

よく見ると胸だけではなかった。鍛え抜いた筋肉がそぎ落とされ、代わりに皮下脂肪がついて身体全体が丸みを帯びている。縦割れていた腹筋も跡形なく、ぽってりと柔らかな贅肉の層が敷き詰められていた。

「そんな……」

己の容姿を見るのも辛くなり、妹姫は眼をそらす。過酷な訓練で刀身のように鍛え上げた身体を、男に媚びる淫らなモノへ勝手に改造されるなど、あまりにも残酷な仕打ちだ。

「ヒヒヒ、その身体、気に入ったかの？」

「くっ、ゾドム！」

地下牢へ現れたゴブリンシャーマンを燃える瞳で睨みつけるフラム。

「よくもこんなヒドイことをしてくれたわね！　ぶっ飛ばしてやる！」

「ヒヒヒッ、遅いのぉ」

怒りに任せてパンチを繰り出すが、ゾドムは軽くかわして平然と嗤っている。

「そんな……きゃうっ⁉」

それどころか、大きすぎる乳房に振り回されて、フラムのほうが転倒してしまった。

「ゲゲゲッ！　無様だナ、神殻戦姫」

「そんなデカ乳で闘えると思っているのカ？　ギギギッ！」

「お前の力は完璧に封じておる。今や子供にも劣るほどの筋力じゃよ」

ゴブリンたちが勝ち誇ったように嘲笑を浴びせてくる。

「な、なんですって……？」

そこまで身体を弱体化されてしまったことに驚くと同時に恐怖が湧き起こる。もはやゾドムに勝てないのではないかという絶望がジワジワと心を蝕んでくる。

「その身体についてもっと教えてやるわい。ついでにシエルにも会わせてやろう」

ゾドムがパチンと指を鳴らすと、フラムの足元の床が突然口を開いた。

「きゃあっ！」

次の瞬間には落下。そこは深い井戸の底のような場所だった。

「…………ッ」

全身を包み込む不気味な濡れた感触に顔をしかめる。気がつくと緑色に輝く触手が身体中に絡みついているではないか。

「うあぁ……あああぁ……やめろ……触るな……力が……抜ける……あうう」

無数の触手に肌をまさぐられると、脱力感と共に壮絶な快美が湧き起こり、フラムは目眩を感じた。

「デスプトンの触手風呂じゃ。気持ちよかろう。ヒヒヒ、お前たちの身体は感度百倍ほどに上げてあるからのぉ」

穴の上から見下ろしてニヤニヤと嗤うゾドムたち。

「はあ、ああ……あああ……よくも……くうぅ……ああ、あああぁッ」

スーツの裂け目から潜り込んだ触手に、お尻や股間に媚毒粘液を塗り込まれると、痺れるような快美に襲われた。食虫花に捕らえられ、全身を溶かされていくような退廃的な恍惚感。

(うう……こんなに……敏感になっているなんて……)

特に双乳が敏感になっており、つきたての餅のように揉み捏ねられるたび、瞼の裏に真っ赤な火花が散って、意識が飛びそうになるほどだ。

「ヨガっていないで、よく見るのじゃ」

「はあはあ……ああぁッ……お、お姉様!?」

湿った暗がりに目を凝らすと、濡れた姉の姿が浮かび上がってきた。四つん這いの身体を半分以上触手の海に沈められ、馬型の機獣の極太ペニスを唇にねじ込まれて、苦しげに喘いでいる。

「ン……んんっ……むふっ……あぁぁ……フラム……見ないレ……ああ……お口が止まら

ない……んちゅ、くちゅ、むふぅン」

　羞恥に頬を染めながらも、必死にフェラチオ奉仕を続けている。獣毛に埋めた蕩けた美貌に高貴な法皇妃の面影はない。

「シエルの洗脳はお前よりうまくいったようじゃな。今ではチンポ狂いの色情狂よ。ヒヒヒ、身体の改造のほうも見せてやるか」

　シエルの下半身を覆っていた触手がサッと退くと、媚毒粘液に濡れたムチムチの双臀が露わになった。

「ああっ！　お、お姉様の……お尻が……!?」

　二度目の驚愕に絶句するフラム。シエルの臀部は以前に比べて二回りは巨大化しているだろうか。スカートに収まらず、熟れた尻タブのほぼすべてが剥き出しになっている。そこから伸びた太腿もムチムチに張りつめて、かつてのシエルのウエストほどもあり、今にもロングブーツがはち切れてしまいそう。

「骨盤から改造しておるからな。馬の子でも産めるほどの超安産型じゃよ」

「な、なんてことを……」

　信じられない言葉の連続に言葉を失う。だが我が身の変化を見れば、ゾドムの言葉も嘘とは思えず、ゾゾッと背筋が凍りつく。

「唇も最高だぞ、神殻戦姫、いやヒルデガルド様とお呼びしたほうがいいですかな。グフフ」

口淫を楽しんでいる馬機獣が快感に形相を崩す。その声には聞き覚えがあった。

「ア、アンタ……ゲドルフなの……？」

「その通りです。一度は貴女たちに殺されましたが、ゾドム様の素晴らしい技術で蘇らせていただいたのですよ。ブヒヒン！」

モノセロスと一体化したゲドルフが自慢げに逸物を見せびらかす。馬並という言葉通り、人間やエルフを遙かに超える巨大サイズにご満悦の様子だ。

「この男の政治力と精力は使い道があるからのぉ」

「期待に応えてみせましょう、ゾドム様。グフフ」

鼻息荒く剛棒をシエルの喉に突き入れる。

「う……うぐ……あぁ……むぅうっ」

シエルは苦しげに呻くがゲドルフは容赦しない。イラマチオは驚くほどの深さに達し、なんと子供の腕ほどもある巨根が根元まで埋まってしまったではないか。

「ああ……あんな大きなモノが……」

「唇がマンコのようになっておるからな。シエルも感じているはずじゃ」

「う……あうう……むふっ……うあぁ……ゲドルフさま……んむっ……あむふぅぅん」

剛毛に埋めた美貌から快楽の声が漏れてくる。シエルの頬は赤く上気し、小鼻もいやらしく膨らんで、瞳もどんよりと淫悦に澱んでいる。

「う……うそよ……そんなことあるわけ……」

「論より証拠。試してみよ」

　フラムの唇にも男根型触手が潜り込んできた。

「ひゃめ……あうう……うぐぐぐぅっ」

　拒もうとしても顎に力が入らず、あっさりと侵入を許してしまう。次の瞬間、これまで感じたことのない快悦が口腔で爆発し、フラムは仰け反る。

（な、なんなの……これ……あぁぁ……お口が……舌がぁ……）

　押し寄せる牡の匂いに噎せ返りそうになるが、

「舌と唇はクリトリスと同等の性感帯に変わっておるのじゃ。それにチンポの味が大好きになるように味覚も変更済みじゃよ」

（そんな……か、噛みついて……やる……っ）

　最後の力を振り絞って触手ペニスに歯を立てた瞬間、

「～～～～～～～～～～～～～～ッ!?」

　新たな快楽の針がキーンと脳天に突き刺さり、悶絶させられてしまう。

「歯はすべて改造済みじゃ。舌も味蕾も快感神経の塊じゃて。ヒヒヒ」

　ゾドムが嘲笑う間にも、男根触手がフラムの喉を激しく犯す。

「んぐっ……むぐぐ……あむぅ……ううぅんっ！」

（歯まで改造されてしまったなんて……ううう……何これ……お口が変になって）

　ゾドムの言う通り、恥垢まみれの不潔な肉棒をくわえさせられているというのに、嫌悪感が湧いてこない。むしろそれが美味しく感じられ、もう二度と口を離せなくなってしまいそうなほど。

ジュポッ……ジュポッ……ジュプジュプッ……クチュンッ！

淫肉が舌や歯並びに擦れるたび、さざ波のような快美に頭蓋を揺さぶられ、次第に意識が朦朧としてくる。肉棒を扱くための道具にされてしまったような気がしてきた。

「ヒヒヒッ、どうじゃ、チンポはうまかろう？」

「う……ううむ……あ、あぁ……いひゃ……んん」

「はむ、くちゅ……お、美味しくなんか……ちゅぱちゅぱ……あむぅン」

首を振ることも許されず、汚辱の口淫を甘受するエルフ姉妹。普通なら吐き気を覚えるほどの異臭さえも、香しい芳香に感じられて、意識は深い霧に包まれていくのだ。

「口だけでは満足できないでしょう、ヒルデガルド様」

ゲドルフが涎に濡れ光る剛棒を抜き放ち、シエルの背後に回り込む。

「よい尻だが、楽しみは後に取っておくタチでしてな。まずはオマンコからですよ。グフフ、よく濡れていらっしゃる」

濡れた粘膜をこじ開けて、拳骨大の肉傘が潜り込んでいく。クチュッと湿った音がして、すでに迎え入れる準備ができていることを告げている。

「うあぁ……ンあぁ……大きいオチンポ……う、嬉しいですワ……ああ……こんなこと言わせないで……ぁくふぅんッ」

言葉まで操られているのだろう。シエルは悔しげに首を横に振るが、お尻を掲げたポーズは崩さない。

「どんなモノもくわえ込めるように改造してますから、ご安心を。ククク」

慇懃無礼に囁きながら長大な獣根をズブズブと埋め込んでいく。改造された媚粘膜はゴムのように柔軟に拡張され、身に余る大きさを受け入れてしまう。

「ンあぁ……あぁあぁ……イイッ……ゲドルフ様ぁ！　イクッ！　イキますぅっ！」

艶やかな声と同時にシエルの背中がギクンッと反り返り、黒髪が激しく揺れる。仰け反る美貌は肉悦に蕩けた牝の貌だ。

「入れただけでイクとは、なんとも浅ましい不倫マンコだ。夫よりいいでしょう？」

嘲笑いながらズンズンッと力強いピストンを撃ち込む。

「ンあ、ああっ！　すごい……あああぁぁっ！　あ、あの人より……ずっと……大きくて気持ちイイ……ですわ……あぁぁん……逞しいオチンポ、たまりませんわぁ」

「お、お姉様……」

強要されているのか本音なのか。あられもない恥声を振りまきながら腰を振り始めるシエルを見て、フラムは愕然とさせられる。あの高貴で淑やかな姉が、ここまで変えられてしまうとは。

「感度百倍の極上の名器に改造してやったからのぉ。ヒヒヒ、お前も味わうのじゃ」

唇を犯していた触手が抜け出て、代わって巨大な目玉付きの男根触手がフラムの膣孔に押し込まれてきた。

「これ以上は……や、やめて……うあぁぁっ……アヒイィィ～～～～～～～ッ！」

予想を遙かに超える快楽の津波に襲われ、白目を剥いて仰け反る金髪の戦姫。

「見るのじゃ、これがお前たちのエロマンコじゃよ」

フラムの目の前に幻影が浮かび上がる。それはフラム自身の秘奥の中だった。

「ヒィッ……こんなぁ……あああ……いや、いやぁッ」

鮮やかすぎるパッションピンクの膣粘膜の上に扇情的なパールパープルの肉襞が螺旋状に渦巻きながら奥へと続き、それに沿って並んだデスプトンの肉突起が、息づくように妖しい緑に明滅している。それはもはや神聖な生殖器官ではなく、牡に快楽を与えるためだけのいやらしい性の玩具であった。

「あぁぁ……こ、これが……私の……」

「イヒヒ、そんな身体ではもう普通の結婚もできんじゃろ。諦めて儂の牝奴隷になるのじゃ。ほれほれほれぇ。デスプトンの粒は一個一個がGスポットと同等の快感が得られるぞ」

ねじ込まれた目玉触手がジュブッジュブッと抽送されるたび、夥しい愛液が涎のように溢れ出す。突き上げられる最奥では降りてきた子宮口がチュパチュパと目玉触手に擦り寄っていく。

「あぎぃぃッ！　そこぉ……はげし……くぅあぁぁんっ！　こすれて……あひぃっ！　こ、壊れちゃう……あぁぁぁっ！」

埋め込まれた肉粒が擦り上げられるたび、目も眩むような快美に意識が飛びそうになる。改造を施されていなければとっくに発狂していただろう。すぐそばでヨガリ狂っている姉の声や姿も、妹姫の官能を狂わせた。

（あぁぁ……く、くる……あれが……きちゃう……っ）

百倍にまで高められた肉悦が何度も何度も高潮のように押し寄せて、理性の堤防を押し流そうとする。最後の心の防壁にピキピキと亀裂が走った。

「まだイクでないぞ」

今にも果ててしまいそうになった時、ゾドムの声が脳内に直接響いた。

（な……何が起こって……？）

絶頂寸前に追い込まれながらも、最後まで登り詰めることができない。肉体は煮え滾りながらも、激情と焦れったさとがフラムの中でせめぎ合う。

「お前は儂の許可なしには絶対にイケないのじゃよ。ヒヒヒ」

「ハアハア……くう……そんな……ハアハア……うあぁッ」

目玉触手がピタリと動きを止め、フラムは切なげに喘いだ。ここまで完璧に肉体を支配されているとは。コレではまるで生きた人形ではないか。

「これからヒルデガルド様に引導を渡してあげますぞ。ククク ッ」

ズルリと蜜壺から引き抜いたゲドルフの剛棒は、愛液にまみれてヌラヌラと輝き、湯気を立てている。さらに両手で尻タブを鷲づかみにすると、グイッと左右にくつろげた。

「ああ……お姉様のお尻が……」

深い尻谷からプックリと盛り上がるようにはみ出している桃色の排泄器官は、いやらしく縦に割れて夥しい淫蜜に潤んでおり、完熟のアケビといったところ。もはや女性器と見まごうほどだ。

「肛門を性器と同等に改造したのです。愛液も出るし、Gスポットもあります。そのうえなんと妊娠も可能なのですよ。グフフ」

フラムに見せつけた後、返す刀で鋭い切っ先が縦割れアヌスに押し当てられた。

「ハア、ハア……ゲドルフ様……そこは……ああ……」

「ここが一番感じるハズですよ。オマンコで不倫セックスしながら、こっちにも欲しいと思っていたのでしょう？」

亀頭に菊門をツンツンと突かれて、シエルは切なげに喘ぎながらも、コクコクと頷いてしまう。

「おねだりですよ、ヒルデガルド様」

「あああ……い、入れてください……ゲドルフ様の太くて逞しいオチンポ……あぁぁ……シエルの淫乱ケツマンコに……ぶち込んでくださいませ……ああ、あなた、ゆるして……」

背徳感に苛まれながらもクネクネとお尻を振って牡を誘う。肛門淫裂は愛液をジクジクと滲ませて、牡に媚びる淫靡な表情を見せていた。

「グフフ、なんとはしたない皇妃様だ。ではいきますぞ」

　ゲドルフがグッと腰を突き出すと、縦割れ括約筋は驚くほどの柔軟さを見せて長大な獣根を呑み込んでいくではないか。

「う、うあぁ……あぁぁ……そんな……太いぃ……はぁぁん……お尻が……あぁぁ……広がる……右と左に……開いちゃうぅ……あぁぁぁ〜〜〜〜〜〜ッ！」

「あぁ……お、お姉様……」

　排泄器官での性交など禁忌の行為であり、法皇妃として許されることではない。しかし今の姉の顔に浮かぶのは、剥き出しにされた牝の悦びだった。

「どうですかな、肛門セックスの味は？」

「ンあぁぁ……イイ……です……あぁぁ……ゲドルフ様の……馬並極太チンポが……とっても……気持ちがイイですわ……ハアハアン……あぁぁぁむっ」

「前でも後ろでも不倫を覚えて、まったくどうしようもない浮気好きの変態マゾだ。亡き夫に謝ってはどうです？」

　ピシャピシャとお尻に平手を撃ち込むゲドルフ。

「ンあぁぁ……あなた、ごめんなさいぃ……あうぅん……ヒルデは、お、お尻の穴で浮気する……へ、変態不倫女に洗脳されてしまったんですぅ……あぁっ……イイ……ッ」

「謝りながら腰を振っているではないですか、呆れた淫乱牝豚ですな。おらぁ」

　ジュポッ！　ジュポッ！　ヌルヌルヌルッ！　ジュプジュプゥッ！

　長大なストロークを活かしたピストンが、肛径を捲り返らせ、巻き込みながら、何往復も刻まれる。

「アオオオォォッ！　しゅ、しゅごい……あぁぉぉぉっ……お尻が……開くぅ……ああぁ……そんなにされたら……ガバガバになっちゃうぅ……ンほおおぉぉっ！」

「お前はもうウンチをすることもないから安心せい。代わりに尻の穴で孕んで、赤児を産み落とすのじゃぞ。ヒヒヒ」

「あぁぉぉっ！　シエルは……お、お尻で……孕みますわ……ああぁン……お尻の穴から……あぁぁ……赤ちゃんを産む変態ですのぉ……おおぉぉうう……気持ちイイ……ああぁ……アナル最高なのぉッ」

「ああ……お姉様、しっかりして……負けてはダメよッ」

獣のように呻きながら、信じられないような言葉を連発するアージュシエル。あの淑やかな聖女だった姉が、ここまで堕とされてしまうとは……。

「ヒヒヒ、そろそろじゃな」

ゾドムの機械の眼がギラリと光る。

「あっ、ああぁっ……お、お腹が……ああぁ……熱いですわ……あっ……あああぁっ」

シエルの下腹の淫紋が赤く輝き、犯されていない膣孔から愛液がビュッビュッと迸る。

汗濡れた頬が紅潮し、切迫した息づかいが唇を戦慄かせた。

「もっと息むのですよ、ほれほれっ！」

外からお腹を揉みながら、直腸奥深くを抉って、子宮を内外から刺激する。

「はあ、はぁあぁ……な、何か……あぁぁ……何か……で、出ちゃう……産まれちゃう……はぁぁっ」

　ググッと背筋が反り、両脚がガニ股に広がる。肥大化された巨尻がムンムンと牝のフェロモンをまき散らした。収縮する括約筋が何重にも勃起を締めつけた。

「ブヒヒィィンンッ！　ヒルデガルド様、闇の神殻戦姫へ堕ちるのですっ！」

　ゲドルフがいななき、夥しい獣精を直腸内へ注ぎ込んだ。人間の何十倍という凄まじい大量射精である。

　ドビュッ！　ドビュッ！　ドビュドビュドビュウウゥ～～～～～～ッ！

「ひぃあああぁ～～～～～～ッ！　お尻、熱いぃ……ンあぁぁ……お尻が燃えちゃうっ！　あああぁぁ～～～～～～～～っ！」

　絶叫と同時にプシャアッと透明な液体が膣孔から噴出し、それに続いてメタリックな銀色の球体がムリムリと押し出されてきた。

「アヒィィッ！　イクッ！　イクイクイクゥ～～～～～～～～～ッ！」

　パタパタッ、プシャアッ！　プリュウッ！　プッシャアァァァアッ！

　潮吹きと同時に勢いよく産み落とされたのは銀色に輝く卵。表面に浮かぶ幾何学的な模様は機械のようでも生物のようでもある。

「それが淫機卵、機械と生物のあいのこじゃ。ヒヒヒッ。ヒルデガルドの身と心が機性蟲と完全に一体化した証拠よ」

「ンあ、あああ……イクイクイクッ……はあぁぁ……アナルイクゥッ！　卵でイっちゃうぅ～～～～っ！」

　続けて二個目の卵を産みながら、連続アクメに登り詰める。その身体から黒いオーラが霧のように噴き出して……、
　キュバアァァァァァァァァッ！

「ンああぁぁ～～～～～～～～～～～～～～ッッ！」

　霧は艶めく黒衣となってシエルの身体を包み込む。シャープな攻撃的デザインの中にダークパープルのレースが妖艶さを醸し出していた。

「キヒヒヒッ！　新たなアージュスレイブの誕生じゃあ！　お前はアージュスレイブ・フィアッツと名付けよう」

「おお、スレイブフィアッ……なんと美しく、淫らな牝だ」

　機獣となったゲドルフにとって、闇の戦姫アージュスレイブは美の化身のような存在、まさに理想の牝だった。射精直後にもかかわらず、肉棒がさらに雄々しく勃起していく。

「ぜひとも尻を孕ませたくなってきましたよ。グフフ、牝になりきってイキまくるのです。肛門セックスは何度でもイケますからな」

　情熱的なピストンが直腸深くに重く撃ち込まれる。亀頭が抜け出る寸前まで後退した獣根が、そこから一気に根元までぶち込まれる。ソレが何度も繰り返された。

　パンッ！　パンッ！　パンッ！　パンッ！　パンッ！　パンッ！

「ああ、あぁん……すごい、この感じ……なんですのぉ……？　あぁぁ～～～～っ」

身を捩るたび、肌に密着する暗黒スーツがエナメルの輝きを放つ。

「それが闇の快楽なのです。たっぷりと味わいなさい」

「おほぉおっ！　わたくしは、スレイブフィアツになれて幸せですわ……ああ、お尻でイクッ……ゲドルフ様の牝ですわ……ああ、また、またきちゃうぅッ！　あああっ……イクイクイクイクゥ～～～～ッ！」

ヒルデガルドはもうイキっぱなしになって、黒衣の総身を狂おしく揉み絞る。官能の津波が後から後から押し寄せて、絶頂から降りられなくなっていく。ウットリした笑みを浮かべ、ゲドルフ機獣とピッタリ息を合わせて腰を振り始めた。

「あ、ああ……お姉様が……アージュスレイブに……」

闇に堕ちた姉を見てガクリとうなだれるフラム。自分も一度堕とされたことがあるだけに、そのおぞましさは骨身に染みていた。

「ヒャヒャヒャッ。お前の時と違って念入りに洗脳改造したからのぉ。さあ、お前ももう一度堕ちるのじゃ」

小振りなゴブリン兵が二匹、フラムに近づいてきた。

「ギギギ、神殻戦姫、犯ス！」

「アージュフラム、牝牛！」

二匹ともすでに勃起状態で、反り返った肉棒は機械化されており、ゾドムほどではないにしろ身体の割には異常に大きなサイズだった。亀頭先端は螺旋状にねじくれており、見るだけで全身の肌が鳥肌立つほどおぞましい。

「いやよ、アージュスレイブになんてもうなりたくないっ！　うう……そんなモノ、近づけるなっ」

「お前のための特別製じゃ。楽しむがいいぞ。やれ、ゴブリン兵よ！」

「ギギーッ！」

左右の乳房にしがみついたゴブリンが、乳首に亀頭を擦りつけてきた。

「うあぁ……やめなさいっ！　そんなところ……擦りつけるなぁ！　あううっ！」

亀頭を乳頭にグリグリ押しつけられているだけで、爛れるような快美が乳腺に湧き起こる。やはり乳房も恐ろしいほど敏感に改造されているのだ。

「それだけではないぞ！　よし、やれぃ！」

ギュルッ！　ギュルルルゥ〜〜〜〜〜〜〜〜ッ！

「アキャアアァッ！　な、何!?」

ゴブリン兵たちのねじれた亀頭が回転し、まるでドリルのように乳頭に食い込んでくるではないか。

「うあぁぁっ！　な、何をする気なのっ！　やめてやめなさいぃッ！　あああぁぁっ！」

フラムが混乱し身悶える間も、機械ペニスが少しずつ乳首の中へ侵攻してくる。

「ああ、うそ……乳首が広がって……ンあぁぁっ……それ以上入れるなぁっ」

「うるさいのぉ。すこし黙っておれ」

肉牢に降りてきたゾドムがフラムの顔の上に跨がり、怒張で唇を塞いでしまう。

「んぐっ……ひゃめぇ……あぁぉぉ……っ」

性器のように敏感にされた唇を喉奥まで貫かれて目を白黒させる。口蓋を突き抜けて、脳を直接犯されているような錯覚がフラムを被虐の底なし沼へと引きずり込む。

「ギギギ、牝牛、犯スゥ！」

「乳マンコ、乳マンコ！」

グチュルルルッ！　ズブズブズブゥゥッ！

動揺している間に回転亀頭が乳首をくぐり抜けて、乳房の中へと潜り込んだ。

「ひぃっ、らめぇ……あきゃあぁぁぁ～～～～～～ッッ！」

ゾドムのペニスを吐き出すと怪鳥のような絶叫が迸る。二本の灼熱の杭に乳肉を貫通され、魂まで串刺しにされてしまったような激感だ。

「ギギギ、入ッタ、入ッタ！」

「乳マンコ、最高！」

「うああぁ……こんな……あぁぁ……私の胸が……うそ……こんなの嘘よぉッ」

乳房で男根を迎え入れるなど信じられない、あり得ないことだった。しかも苦痛はほとんどなく、乳奥をグリグリと抉られると、この世のモノとは思えない法悦が左右から心臓を挟み撃ちにしてくる。

「気持ちよかろう？　ヒヒヒ、Ｇスポットに加えて前立腺も作ってあるからのぉ。マンコのように感じ、チンポのように母乳を射精するというわけじゃ」

「そんな……うあぁ……ハアハア……ひどいわ……私の身体……元に戻してっ」

「残念ながら、ここまで改造が進んでは戻すことは不可能じゃ。すぐにその身体を気に入るじゃろう。ほれほれ」

「そんなわけ……んぐぐっ……むあぅっ！　ぬ、抜いて……お乳から抜いてぇ……ンあうぅぅンっ！　中……掻き混ぜるなぁ……ひぃあああぁぁ～～～っ！」

ジュブッジュブッ！　ギュルルルッ！　ジュブッジュブッ！　グチュルルルッ！

乳房の中のＧスポットと前立腺が擦られるたび、ツーンツーンと快楽電流が乳腺を伝わり、脊椎を駆け上がる。

（ああ……どうすればいいの……っ）

乳悦に加えて未知なる牡の快感を味わわされ、どう対応してよいのかわからない。クナクナと首を振り、必死に魔悦に抗おうとするのだが、乳膣が勃起を優しく包み込み、乳暈括約筋がキュウキュウと陰茎を締めつけてしまう。

その一方で乳腺内には活発に母乳が湧き出し、失禁寸前の尿意のように出口を求めて暴れ回っている。乳首がヒクヒク痙攣し、巨大化乳房がさらにひと回り膨らむほど。

それはまさに牡と牝の快楽を併せ持つ究極の性器と言っていいだろう。それが二つ同時に犯されるのだからたまらなかった。

（ンああっぁ……これ以上されたら……頭がおかしくなる……身体が変になるぅ……ああ……お乳が熱い……うう……胸の奥から……何かが……きちゃうぅ……出ちゃうっ）

熱くドロドロした衝動が乳腺の中を駆け巡り、乳頭に向かってジワジワと溶岩のように這い登っていく。爆ぜてしまいそうな圧迫感に乳輪が盛り上がり、さらに乳首も膨らむ。

ゴブリンたちを乗せたまま、ググッと胸が反り返った。

「ヒヒヒ、乳がパンパンに膨らんでもうすぐイキそうじゃな。だがまだイカせん」

ゾドムの合図でゴブリンたちが動きを止め、機械肉棒をズルリと引き抜いた。パックリ口を開いた乳孔に、すぐさま別の触手がぶち込まれる。

「うあああぁぁっ！　な、なに？　吸われて……!?　ひぃあああぁぁぁ～～～っ！」

ジュルルッ！　ジュルルルルッ！　クチュルルルッ！

フラムが絶頂する寸前、乳首に埋め込まれた搾乳触手が母乳を吸引し始めたではないか。

「ヒッ、ヒィッ、アヒィィッ！　す、吸われてりゅ……ああっ……ぁあぁ……吸われちゃうぅ……ああぁっ」

異様すぎる感覚に、汗まみれの裸身をガクガクと痙攣させるフラム。その間に乳房に溜まっていた濃厚な白い液体は、一滴残さず触手管の中へ吸い出されていった。

「うあ……ああぁ……こんな……はあぁ……はあはあ……」

倦怠感と虚脱感に襲われてガクリと脱力する。絶頂直前に寸止めされ、官能のエナジーだけを抜き取られてしまったような感覚だった。狂おしいまでの焦れったさだけを残して。

「クヒヒ、思い切り乳から母乳を噴いてイキたかったのじゃろう？　お前の乳首にはチンポと同じ射精欲が移植されているからなぁ」

「ううう……そんなこと……ない……ハアハア……」

否定するものの、言葉は弱々しい。体力だけでなく精神力もゴッソリ持っていかれてしまった感じだ。

「そう言うと思ったわい。ヒヒヒ、お前たちやれぃ！」

「ギギギ～～～～ッ！」

再びゴブリンたちがフラムに群がり、乳房や唇を犯してくる。

「あひぃっ！　いやぁっ……んんむぐぅっ」

ズブリと根元近くまで埋め込んでから、捻れ亀頭を回転させる。

ヴィィンッ！　ギュイィィンッ！　ヴィィンッ！　ギュイィィンッ！

「ンあぁぁぁっ！　そ、そこはラめぇ……ンあぁぁぁぁ～～～～～～～っ！」

母乳を吸い出されて一旦冷えていた官能の炎がメラメラと音を立てて再燃する。たちまち乳腺内が母乳で満たされ、ピストンされる乳首から濃い白濁液がジワジワと滲み出す。

甘いミルクの匂いがゴブリンたちをますます昂奮させた。

「どうだ、牝牛、気持ちイイか？」

「もっと乳が出るようにしてヤル！」

ズンッと最奥まで撃ち込んだ後、ゴブリン兵たちが精を放った。

ドビュッッ！　ドビュッッ！　ドプドプドプゥウッッ！

「ンあぁぁ～～～～～～～～っ!!　熱い……熱いぃぃっ!!　ヒイイィッ！」

熱蝋を流し込まれたような激感が双乳の中で爆発し、フラムは白目を剥いておとがいを突き上げた。だが……、

グチュルルルッ！　ヂュルルルルゥゥ～～～～～～～～～～～～ッ！

「あぁぁぁぁぁっ！　また吸われて……ハヒイイィィッ！」

すぐさま搾乳触手に母乳を吸い取られ、イクことができない。

「はぁぁ……あぁぁ……かはぁ……うう……ハアハア……ッ」

あまりの辛さに美貌が苦悶に歪み、突き出た舌がヒクヒク痙攣した。乳首はギンギンに勃起したまま、虚しく空撃ちの痙攣を繰り返している。

「ギギギ、苦しいか？　イキたかったらしゃぶれ。口でもイケるはずじゃ」

入れ替わったゾドムが唇を犯してくる。

「ハアハア……ゾドム……ひゃめ……あぁうぅ……むちゅ、くちゅぱぁ……」

悔しくて惨めだったが、焦れきった身体は止まらない。憎い宿敵の剛肉棒に舌をそよがせていく。

「ん、んん……あぁぁ……ぴちゃぴちゃぁ……ハアハア……こんなことしたくないのに……お口が勝手にぃ……ちゅぱちゅぱ……はぁぁぁン」

ゾドムの逞しいモノをしゃぶっているだけで、愛しさや幸福感と混ざり合った悦楽が魔

薬のように脳を浸してくる。

「儂のチンポでなければ満足できないことを、身体は理解しておるようじゃな。クヒヒ」

（あ、あぁ……くやしいのに……好きじゃないのに口が止まらない……犯して欲しくて……たまらなくなってくる……っ）

ぴちゃぴちゃぁ……くちゅくちゅ……ねろれろぉ……っ
心と裏腹に肉体は発情の色を濃くしていく。眼があうだけでドキドキと心臓が高鳴り、真っ赤に充血した乳首が、くぱぁっと口を開き、トロトロと白濁した愛液を溢れ返らせる。

「儂の奴隷になると誓うか？」

「うあ、ああ……それは……うあぁぁ……わ、わかったわ……あううう……ち、誓うから……お、お願い……ハアハア」

（ジン、ゆるして……これは演技……いつかチャンスがくるまで……堪えるのよ……）

恥辱に唇を噛みながら懇願するフラムだったが……。

「ふむ、そうか、そうか」

だがゾドムはスッと肉棒を遠ざけてしまう。

「あああっ……どうして……？」

「肉体は堕ちても、まだ心は屈したわけではないようじゃ。目を見ればわかるわい」

「くうう……騙すなんて、卑怯者っ！」

「それはお互い様じゃて。ヒヒヒ」

　ゾドムが呪文を唱えると、ドクンッと下腹の淫紋が熱く疼きだす。そしておぞましいほどの肉悦快美が頭に流れ込んできた。

『ああ、いくいくいくぅっ……わたくし……アナルでまたイっちゃいますのぉ♥♥っ』

「ヒィィッ！　な、何コレ……お姉様？　あああっ！」

「機性蟲を通じてヒルデガルドと感覚を共有させたのじゃよ。極上ケツマンコのアクメを味わうのじゃ」

「うぅあぁ……こ、こんなことって……ひぃあぁぁぁっ！」

　津波のように押し寄せる圧倒的な肛悦に、フラムは仰け反り、悲鳴を上げる。

（お姉様……こんな快感に……堪えていたなんて……）

　すぐ横でヨガリ喘いでいる黒衣の姉を見て、堕とされてしまったのもわかる気がした。

『イイ……もっと……あぁぁ……不倫ケツマンコ……奥まで抉って……犯してぇ♥♥』

（ああン……お姉様、すごい……気持ちよすぎる……でも……）

　しかしそれはあくまで幻の感覚に過ぎない。いわばひとつの肉体をシエルとフラムが共有し、シエルだけが悦楽絶頂を繰り返しているような状況なのだ。

（ああ……お姉様だけ……）

　切なさに純白の歯並びをキリッと噛みしめる。自分ひとりだけおあずけを喰らうという辛さは、さらに何倍にも増幅されていく。

「お前たち、もう少し遊んでやれ」

「ギギィッ！　お任せをゾドム様」「犯ス！　犯ス！　犯ス！　犯スゥ！」

ゴブリン兵たちが襲いかかり、すぐさま乳房に取りついた。

「うあぁっ……これ以上は……お、お乳は、もうやめてぇっ」

哀訴などまったく無視して、無慈悲な乳輪姦が再開された。

ジュブジュブ！　ギュルギュルブ！　ジュブジュブ！　ジュブジュブ！

機械化ペニスが乳肉を抉り、回転亀頭がGスポットと前立腺をグリグリと擦り上げる。

「あ、あぁぁ……お乳が壊れる……あがぁぁぁっ……だ、だめぇ」

急激にこみ上げる母乳と官能。乳房はたちまちはち切れんばかりに膨らみ、乳輪をプックリと盛り上がらせた。

「ゾドム様の許可なしに勝手にイクな、牝！」

だがフラムがイキそうになれば、ゴブリンたちはペニスを引き抜いて遠のき、代わって搾乳触手が乳首に吸いつく。

ヂュルルッ！　ヂュルルッ！　ヂュルルッ！　ヂュルル～～～～～ッ！

射乳直前の母乳を搾り取られて、肉体はアクメを通り越し『絶頂後』の虚脱感だけを味わわされる。まさに蛇の生殺しの寸止め地獄であった。

「ああぉぉ……また吸われてぇ……らめぇ……くるうぅ……出せない……くるっちゃうっ……あぁぁっ……吸わないで……イケなくなっちゃうぅ……あ、ああ……もう頭が変になっちゃうぅ～～～～っ」

「ヒヒヒ、狂え、狂うのじゃ。本当の牝に生まれ変わるのじゃ。ヒヒヒ」

機械のレンズをギラッと光らせ、残忍な笑みを浮かべるゾドムだった。

そして三日後。ようやく触手の肉牢獄から解放された時には気息奄々、息も絶え絶えの状態だった。

「ほれ、歩け、牝！」

「ゾドム様の前だぞ、しゃんとしロ、リリーナ！」

「う……うう……」

両腕を牛機獣につかまれてズルズルと引きずられ、そのままボロ雑巾のように石床にべしゃっと放り出されるリリーナ姫。変身する力も失った彼女を雑兵までもが呼び捨てにした。

「ヒヒヒ、これはスゴイ状況じゃな」

頭の先から爪先までザーメンと媚毒まみれ。光を失った瞳は白目を剥いて、舌をはみ出させた口から泡まで吹いている。股間はオシッコも愛液も垂れ流し、欲情しきった乳首からはポタポタと先走りの母乳が垂れていた。時折、死にかけた虫のように、身体のあちこちがピクピク痙攣を繰り返す。もう少しゾドムが来るのが遅ければ、本当に発狂していただろう。

「機獣どももハッスルしおって。どうじゃ、気持ちよかったじゃろう？」

「ハアハア……あ、あぁぁ……も、もう……ゆるして……ハアハア……」

弱々しい声で懇願してしまう。あの気の強いリリーナがこれほど女々しい姿を晒すことはなく、ゾドムはかつてないほどの高揚感を覚えるのだ。

「ヒヒヒ、儂の言うことはなんでも聞くか？」

「はぁはぁ……聞くわ……聞くから……うう……イかせて……あぁぁ……一度でイイから……イかせて……」

搾乳焦らし責めが余程こたえたのだろう。衰弱しきった今のリリーナはただのか弱い少女でしかない。

「フヒヒヒッ。ではまず土下座じゃ。詫びを入れるのじゃ」

「うう……わ、わかり……ました……」

一瞬だけ躊躇したがすぐに観念した様子でリリーナは硬い床に膝を揃えて正座する。体力も精神力も極限まで削られ、さすがの黄金姫にも抵抗する力は残されていない。

「こ、これまで……神殻戦姫として……ゾドム様に……逆らったこと……心から……お、お詫びします……ああ……も、申し訳……あ、ありませんでした……お許しくださいませ……くううっ」

「ちゃんと頭を床につけロ、ギギギ」「ケツを上げろ、リリーナ！　ギヒヒ」

「は……はい……す、すみません……ゴブリン様……申し訳ありません……うう……もう絶対に逆らいませんから、ゆるしてくださいっ」

涙で濡れた床に額を擦りつけ無念そうに謝罪すると、改造爆乳がムニュッと潰れて脇から大きくはみ出した。無敵のヒロインだった神殻戦姫の無様な敗北全裸土下座に、ゴブリンたちがゲラゲラと嘲笑を浴びせる。

「フムフム、どうやら堕ちたようじゃな。ほれ、コレが欲しいのじゃろ？」

満足そうに頷きながら肉棒を突き出すと、リリーナはオズオズと舌を絡めてきた。

「んちゅ……ぴちゃ……ンあぁ……ゾドム様……はあはあ……ああ……は、早く……ください……ハアハア……もうガマンできません……ぴちゃぴちゃぁ……あぁん」

焦らし責めと愛欲の淫紋の効果がリリーナを内側から縛っていた。ゾドムに犯してもらえるなら、どんなことでも言うことを聞きそうだ。

（じゃがアージュスレイブにならないところを見ると、まだ完璧ではないようじゃ。おそらくは……ジン王子の存在か……？）

完全勝利への期待と昂奮が肉棒をますます勃起させるが、頭脳は冷静さを失わない。かつて何度も痛い目にあっているだけに念には念を入れていくのだ。

「儂のチンポの前に慰安ショウに出てもらうぞ。そこである男の相手をしてもらおうかのぉ。ショウを成功させたら、たっぷりイかせてやるぞ。それだけではない、ジン王子も解放してやろう」

「ほ、本当……ですか？」

ゾドムの言葉にリリーナの肩がピクンと跳ねた。

「儂はお前以外に興味はないのでな。それとも儂を疑うのか？」

「い、いいえ。ゾドム……様のご命令なら……リリーナは、誰にでも犯されます……」

慌てて恭順を示すリリーナ。だがその時見せた微かな反応をゾドムは見逃さない。

（ここまで穢され、堕とされてもまだジン王子への想いが残っておるようじゃな……じゃがそれも今日で終わりじゃ）

「ふむ、いい覚悟じゃ。ではこれを着けて、隣の牢へいくのじゃ」

ゾドムは黒いアイマスクを差し出した。


隣の地下牢はやや広く、十人以上の男たちが投獄されていた。彼らはゴブリンに滅ぼされたテルウィン兵士の生き残りで、長い虜囚生活でボロボロに汚れ、痩せこけていた。

「テルウィン反乱軍の残党の皆さん、ご機嫌いかが？　今日はとっても面白いモノを見せてあげますわ」

「なんだあ、あのエルフの女は？」「我らを愚弄しているのか？」

アージュスレイブ・フィアッに変身したヒルデガルドの姿に怒りの目線を向ける囚人たち。虜囚に身を落としても、騎士の誇りは失われていない。

「さあ、来なさい」

ヒルデガルドの指示で四つん這いの全裸の少年が、首輪の鎖を引かれて入ってきた。整った顔立ちと華奢な身体つきには、まるで女の子のような中性的な美しさがあった。

「誰だ？　あれは……」「まだ若い……子供みたいだ」

「あらあら、大事な世継ぎの王子の顔も忘れてしまったのかしら」

「な、なに⁉」「まさか……ジン王子……なのか？」「生きておられたとは……」

ヒルデガルドの言葉に騒然とする元兵士たち。国家再興の旗印となるべき王子が生きていたとなれば、本来喜ぶべきところだが……。

「これよりジン王子の処刑を行いますわ。ウフフ、スペシャルイベントですわよ」

「〜〜〜〜ッ！」

ボールギャグに口を塞がれたジンが無念そうに唸る。自分の処刑で兵士たちの心を折るつもりだと察したのだろう。

「だけどゾドム様はとても慈悲深い御方。命までは取らない代わりに、禍根を残さないために王子の断種去勢刑を行います」

「き、去勢だって……」

「断種されて世継ぎを残せないなら、どのみち国は滅んでしまうではないか」

残酷な行為に抗議の声が上がるが、牢に閉じ込められていてはどうしようもない。

「では続いて、執行人の入場ですわ」

続いて連行されてきたのはアイマスクをされた金髪のエルフ少女だ。異様に大きな乳房が目を引いた。

「彼女はエルフィーヌの第二皇女リリーナ。かつてジン王子とは恋仲にあった彼女によって、王子は断種去勢されるのです。なんて劇的でロマンチックなのでしょう。オホホッ」

「ううっ⁉」

淫らな身体に改造調教されたリリーナを見て、ジンは驚愕に目を見張った。身体からはみ出すほどの大きすぎる乳房、その先で口を拡げている乳首、シャープな腹筋を失って柔らかな贅肉に覆われたムチムチのお腹や太腿……かつての姫騎士としての精悍さはなく、すべてが男に媚びるための淫らで卑猥な女体だった。とても見続けることができず、顔を背けてしまうジンだった。


（ああ……こんなショウに出るなんて……私、ここまで堕とされてしまったのね……でも……今は堪えるしか……）

リリーナは腰をモジモジとくねらせる。これは敵を欺くための演技だと思っていても、ふとした瞬間に、一刻も早くゾドムに犯されたいという狂った願望がこみ上げてくる。

（ちがう……私はまだ堕ちてない……ジンを救うまでは堪えてみせる……っ）

『まずは道具をお披露目するのじゃ』

その時ゾドムの声が耳の中に響く。アイマスクは視界だけでなく、ゾドム以外の声も遮断する効果があるようだった。無音の中で視界を奪われているせいか、ますます肌が敏感になり、周囲に大勢の男たちの気配を感じ取れた。

「皆様……エルフィーネのリリーナです……ああ……私のいやらしいエロエロボディを…

…どうぞご覧になってください……はぁぁん」

（ああ……大勢の男の人たちに……いっぱい、見られているんだわ……私のいやらしく改造されたカラダを……あぁぁ……死ぬほど恥ずかしい）

羞恥とない交ぜになった昂奮でドキドキと心臓が高鳴るのを感じつつ、膝をガニ股に開き、両手を陰唇に添えて左右にくつろげる。ピチッと音がしてパールピンクの妖しい花が咲き誇る。

「オオ……なんだ、あのオマンコは……ヒダヒダが何重にも……」

「すごい……なんて派手でスケベな色だ……」

男たちはゴクリと生唾を呑む。仰向けにされたジンからは、モロに奥まで見えてしまいショックは何倍も大きい。

「ああ……ど、どうですか、リリーナのエロマンコ……ゾドム様にお願いして……エッチにか、改造してもらったんです……はぁぁん」

（うぁ……恥ずかしいのに……見られて……こんな気持ちになるなんて……あぁぁ）

視線を感じただけでドキドキと動悸がし、蜜奥がジュンッと熟れてしまう。自分が自分でなくなっていくようだ。

「うぅぅ……そんな……リリーナひやま……」

ピンクの粘膜に桃紫色の襞、さらに緑色の宝石が誘うように明滅している。まるで万華鏡を覗き込んでいるようで、リリーナの中に吸い込まれてしまいそう。お転婆だけど清純清廉だったリリーナ姫にはまったく似合わない、ぞっとするほどの艶めかしさだ。

「見ての通り、リリーナ姫のオマンコは改造されており普段なら極上の名器です。でも今日は『去勢モード』に設定され、くわえ込んだ男が射精するたび、牡としての機能を奪っていくのです。最高の快楽を感じながら処刑されるのですわよ、ジンくん、ウフフ」

「…………ッ！」

ヒルデガルドの冷たい眼差しにジンは心の底から凍りつく。愛しいリリーナ姫との初体験が、まさかこんな処刑という形で行われようとは……。

「ジンくんも童貞を捨てる準備はできてるみたいですわね。それが最後のセックスになるのだけれど……ウフフ」

ヒルデガルドがジンのペニスをシコシコと扱きながら微笑む。射精を封じたまま強精剤や媚薬を盛り贈り続けた思春期の若竿は元気よく勃起し、初々しいチェリーピンクの亀頭が天を向いてそそり立っている。と言っても年齢相応であり、ゴブリンたちに比べれば至って普通サイズだ。

『ほれ、腰を降ろしてくわえ込むのじゃ、リリーナ。お前の身体で捕虜を慰めてやれ』

「ああ……はい……」

姉に身体を支えられながら、騎乗位で徐々に腰を落とす。飢えきって火照った蜜孔に、クチュンと亀頭先端が触れた。

「あ、ああ……オチンポ……入ってくるぅ……あぁぁん」

「や、やめて、やめてください、リリーナ姫！」

「王子を去勢するなんて、やめてくれ！」

　兵士たちは絶望の悲鳴を上げるが、魔法で封じられたリリーナの耳には届かない。まさか相手が救うべきジン王子だとは思いも寄らない。

『その調子でくわえ込め。ヒヒヒ、どんな感じじゃ？』

「はぁぁああ……ゴブリン様や……機獣様より小さいけど……あぁぁ……き、気持ちイイです……はぁぁはぁぁ、あぁぁぁん」

　ウットリと恍惚の表情で徐々に腰を降ろしていく。飢えきった身体はわずかな刺激にも過剰反応してしまう。

（恥ずかしいけど……ジンのために……今は堪えるしかないわ……ああ……でも……）

　ジンのためとはいえ、淫らなショウで男と交わり、痴態を演じる背徳感と羞恥。しかしそれすらも媚毒となってリリーナの子宮を炙る。ドロドロと愛液ローションが溢れ出し、陰茎をヌルヌルにコーティングしていく。

「ううう……あ、あぁぁ……リリーナひゃま……やめ……あぁううぅンっ！」

　ジンは首を横に振って逃れようとするのだがゴブリンたちに身体を押さえられていては逃れられない。その間にもリリーナのお尻が密着し、完全に根元までくわえ込まれてしまった。生まれて初めて味わう女肉の感触に、驚きと快感の悲鳴が漏れる。

「あぁぁ……オチンチン……イイ……気持ちイイです……はぁぁうん」

　膣内に感じる精気は若々しく、悪鬼どもに犯され尽くした身体には鮮烈に感じられた。何かが意識の奥底で警告を発するが、それもすぐに肉悦に呑み込まれた。

「うう……ううぐっ⁉」

　ボールギャグの中で悲鳴を上げるジン。かつての想い人の蜜肉は想像を遥かに超える悦楽の底なし沼に改造されていたのだ。柔らかな襞が十重二十重に絡みつき、突起がカリや裏筋を絶妙に甘噛みしてくる。さらに膣肉全体が口唇のようにまとわりつき、チュバチュバとバキュームフェラのようにしゃぶりついてくるのだ。とても童貞少年が抗える快楽ではなく、一瞬で射精中枢を撃ち抜かれてしまう。

「れ、れちゃう……むぐぐぐ〜〜〜〜〜ッッ！」

　ビュクッ！　ビュクッ！　ビュクッ！　ビュルルルッ！

　文字通りの瞬殺で、ジンは生まれて初めての膣内射精を迸らせてしまった。あまりにも強烈な、魂まで吸い取られそうな快感に、背筋がアーチを描いて仰け反る。

「え……そんな……もう出てるの？　はぁはぁン……早すぎるわ……あぁぁン」

　挿入直後に射精されてリリーナは戸惑う。あまりにも早すぎて快感を感じるにはほど遠い。しかも亜人たちに比べれば精液も少量で、気付かないほどだった。

「あらあら、そんなこと言ったらジンくんが可哀想よ。だってもっと小さくなっちゃうんですもの。ほら始まった」

　射精を受けた後、シュウウウンッとリリーナの下腹の淫紋が赤々と輝く！

「ああ、何が……起こってるの……？」

『観客にも見せてやれ』

姉皇妃に首輪の鎖を引かれ、リリーナは腰を持ち上げた。ドロドロと白濁混じりの愛液にまみれた、王子のペニスが姿を現す。

「ああっ、あんなに小さくなって……」「毛もなくなって、子供みたいだ……」

「ほら、ジンくんも見なさい」

「はぁはぁ……ううう……っ⁉」

兵士たちは嘆きの声を上げるが、一番ショックなのはジン本人だろう。先ほどまで通常サイズだった少年ペニスが、脱毛された上、太さも長さも半分ほどに縮小され、幼児サイズに退行しているではないか。大人になりかけていた思春期の少年にとって、耐えがたい屈辱だ。

「随分可愛くなりましたわね。でもこれくらいじゃリリーナは満足しないのよ」

「ハアハア……あぁ……こんなんじゃ……まだ……足りないの……はあはあ」

姉の言葉が終わる前に、再びジンの上に騎乗位を決めていくリリーナ。

「うむぅっ……リリーナひゃま……ンぁおおおっ」

深海の軟体動物のように貪欲に絡みつく桃色粘膜。無数の襞がペニスを螺旋状に締め上げ、媚薬と化した愛液を尿道に流し込んでくる。

「はあぁぁん……小さくて……短くて……全然物足りないのっ……はぁぁむっ」

ジュブジュブッ！　クチュン！　ジュブジュブジュブッ！　グチュル、クチュン！

次第に牝の本能を剥き出しにされ、どこまでも強欲に牡精を求めて腰を振るリリーナ姫。中途半端に膣内射精されたのが、かえって火に油を注ぐ結果になっていた。

（ああ、イけない……こんなんじゃ……かえって、つらいわ……ああぁっ）

超巨乳がタプンタプンとダイナミックに揺れ、ぶつかり合って上下左右に暴れ回る。激しい昂奮を物語るように、乳首からは母乳の雫が飛び散った。勢いを増した媚肉もリズミカルにペニスを扱き上げてくる。

「んぐぐ……っ！　またぁ……レちゃう……ああうぅ～～～～～～ッッ！」

またしても堪えきれずジンはあっさりと射精してしまう。快楽を越えた快楽に端整な美顔が、眉根を寄せて何度も仰け反る。

「あぁぁ……またぁ……早すぎるわ……うあぁぁぁ……こんなんじゃイケない……こんなオチンチンじゃあ……うあぁぁ……ン」

膣奥に感じた射精液の熱が冷めていき、ペニスも勢いを失っていく。それが狂おしい焦れったさとなって子宮の底を引っ掻いてくる。

「やっぱりリリーナの相手は無理だったかしら。さあ、見せて頂戴」

再びリリーナの腰を上げさせる。離すまいと密着する柔襞を引きずりながら、ジンのペニスが抜け出てきた。

「また一段と小さくなりましたわね。皮も被って、もう赤ちゃんみたい。見事な短小包茎ですわね。これだけ厚い皮だと、一生剝けないでしょうね。オホホホッ」

ヒルデガルドの言う通り、もはやペニスは小指ほどしかなく、分厚い包皮がシッカリと亀頭部を包み込んで、完全な真性包茎にされてしまっていた。

「くうぅ……」

男としての矜持をへし折られ、情けなさと惨めさに呻く亡国の王子。普段なら舌を噛んで死を選んだだろう。だがあまりに大きすぎる快楽が自害する気力を奪ってしまうのだ。

「さあ、リリーナ。もっともっと、最後の一滴まで搾り取るのですよ。ウフフ」

魔道に堕ちた姉皇女が乳房をやわやわと揉みほぐす。リリーナは「アアッ」と甘い吐息を漏らしながら、三度ジンの上に腰を降ろす。

「はあぁぁ……だめ、オチンチン小さくなってる……あぁぁぁ……こんなんじゃ……だめぇ……気持ちよくなれないの……うあぁぁン」

（もっと……もっときて……奥まで……欲しいの……ゾドム様みたいにぃ……ッ）

無意識のうちにゾドムのモノと比べてしまうが、そのことに気付く余裕もない。

『もっと淫らに、欲望に忠実になるのじゃ。儂のチンポが欲しいのじゃろぉ？』

「ハア、ハア……あぁぁ……欲しいの……あぁぁ……もっと、ぶっといオチンポ……ああぁ……もっと逞しいのが、欲しいの……あぁぁぁん、もう、早く、勃たせなさいよ」

グッチュンッ！　グッチュンッ！　グッチュンッ！　グッチュンッ！

超短小にされたジンのペニスで満足できるはずもなく、ますます焦れたリリーナは、餅つきのようにヒップを叩きつけ始めた。

「ううう っ……あぅうっ……あうぅっ！」

すでに連続射精で精気を吸われ勃起は萎えていた。射精直後の敏感になったペニスに蜜肉スタンプを連打され、限界を超えた快楽を味わわされて意識が飛びそうになる。

「ジンくんはもう限界かしら？　お手伝いしてあげましょう」

黒衣の姉皇妃がジンのボールギャグを外して顔面に跨がり、熟れた巨尻肉をギュッと押しつける。ムンッと濃厚な牝の匂いが少年の鼻をくすぐった。

「んぐぐぐっ」

ボリュームたっぷりの熟尻に顔面を押し潰され、ジンはジタバタと拘束された身を足掻かせる。ヒルデガルドのヒップは改造によって二回りは大きくなっており、脂肪の層は厚手のクッションのように顔を包み込む。

「ほら、わたくしのお尻の穴を舐めなさい。でないと窒息してしまいますわよ」

「ううぐむ……ぴちゃ……ぴちゃ……くちゅん……っ」

窒息寸前のジンは抗いきれず、懸命にアヌスに舌を伸ばしていく。

「ああン、いいですわ。感じちゃうぅ」

縦割れて性器のようになった肛門がヒクヒク蠢き、ジワジワとアナル愛液を滲ませる。甘い匂いで牡を誘引するフェロモンには強力な催淫成分が含まれており、口にした牡はやがて魔薬中毒のようになり、ヒルデガルドの尻から離れられなくなってしまうのだ。

「ううう……ヒルデ……ガルド……さま……むぅぅっ」

そうとも知らず舌を動かすジン。催淫フェロモンは恐ろしいほどの効き目を現し、ジンのペニスは無理矢理勃起させられてしまう。

「次はリリーナね。わたくしの力を分けてあげますわ」

掌を妹の下腹の淫紋に押し当て、闇の波動を送り込む。

キュウウンンッ！

「うあぁ……これは……お姉様なの……？　あぁぁぁっ」

熱い衝動がこみ上げてリリーナは仰け反る。戦慄く手脚に黒い霧が巻きつき、闇のオーラを纏ったグローブとブーツへと変化した。

「はあはあ、ああ……こ、これは……まさかアージュスレイブの……？　うあぁぁん」

見えなくともその質感には覚えがあった。不完全とはいえ変身させられ、体内の機性蟲が急激に活性化する。焼けつくような衝動が湧き起こり、それは劇的な肉体変化となって現れた。

「あ、ああ……アソコが……熱い……あぁぁ……オマンコ……燃えちゃううぅっ」

淫紋が赤く輝き、膣孔が大きく口をクパアッと開いて、陰茎ばかりか陰嚢までもガッポリとくわえ込んでしまう。巨大なウミウシが生餌を丸呑みにするような貪欲さだ。

「す、すげえ……キンタマまでくわえ込んじまった……」

「もうやめてくれ、このままじゃ王子が……」

兵士たちは非難の声を上げるが、一方でリリーナの痴態から目が離せない。理性では拒否したくても、溢れ出る圧倒的な色香に魅了されてしまうのだ。

「はぁはぁ……あぁぁン……少し大きくなってる……はぁはぁ……イイのぉ……精気が強く感じられて……あぁ……たまんない」

ヴゥイイィイン！　グチュッ……グチュッ！　ヴゥイイィィン！　グチュルル～～～ッ
……クチュルッ、ジュルルゥウッ！

すべてを丸呑みした媚肉が蠢動し、超小型の改造用機性蟲入りの愛液を吐き出しながら、デスプトンの肉イボが小刻みに振動する。飴玉を舐め転がすようなクチュクチュ音が鳴り響いて、本当にペニスを貪り喰っているかのようだ。

「んむむ……あぁ……これ以上はらめぇ……ふむぐぐぅっ！」

ペニスを去勢されているというのに、リリーナの蜜壺のこの世のモノとは思えない魔悦にジンはブルブルッと身を震わせる。陰茎も陰嚢もトロトロに蕩けてしまいそうな、常識外の心地よさだった。

その間もヒルデガルドは桃尻を押しつけて、媚肛愛液を飲ませようとしてくる。若いリリーナの蜜肉と熟れたヒルデガルドの尻肉に同時に挟まれて、少年王子の官能中枢は焼き切れる寸前だ。

「あううぅっ！　ひんじゃうぅ……くふぅぅぅ～～～～～～んっ！」

ピュルッ！　ピュルルッ！　ビュクビュクビュクッ！

あっという間に果てさせられ、精液を搾り取られてしまう。ザーメンは膣奥へ送り込まれ、すぐさま貪欲な吸精器と化した子宮に吸い上げられていく。

「あはぁぁんっ……出てるぅ……でも、薄くて、少ないわ……あぁぁ……もっともっと、オチンポミルク頂戴ぃ……いっぱい飲ませてぇ……はあはあ、あぁぁん」

満足するどころかさらに凶暴な欲求が暴れ回り、卑猥な言葉遣いも加速する。

ヴイィィン！　クチュクチュ！　ヴイィィン！　グチュグチュゥゥッ！

改造愛液をまぶして塗り込みながら、螺旋の蜜肉が陰茎を搾り上げ、何重もの柔襞が陰嚢をしゃぶり尽くす。捕らえた獲物を絶対に逃がさないという執念すら感じさせる蠢きだ。

「リリーナったらすごいわね。ジンくんも頑張らないといけませんわ」

昂奮したフィアアツの縦割れアヌスがジンの唇に押し当てられ、催淫アナル愛液を無理矢理飲ませてくる。

「ううぅッ！　ヒルデガルド様……も、もうお許しを……んぐ……そんな……また……リリーナひゃまぁ……これ以上、されたら……あ、あぁぁうぅん～～～っ！」

媚薬により強制的に勃起させられたペニスに、リリーナの蜜牙が襲いかかる。

「はひぃぃ……壊れひゃう～～～～～っ！　あぁぁ～～～～～っ！」

ピュルルッ！　ビュルルッ！　ドプドプドプゥッ！

姉妹の地獄のようなコンビネーションで責め立てられ、ジンは無限の射精絶頂地獄へと引きずり込まれていく……。

そして半刻ほど時間が過ぎた……。

「ハアハア……もっと、あぁぁ……もっとぉ……ザーメン欲しい……チンポチンポチンポォ……もっと精液出しなさいよぉっ」

リリーナは依然として吸精逆レイプを続けていた。金髪を振り乱し、唇から涎を、双乳から母乳を滴らせながら腰を振り続ける。

「あれがリリーナ姫なのか……なんてことだ……まるで淫魔だ……」

リリーナの鬼気迫る激しさに屈強な兵士たちも怯えの表情を浮かべるほど。

「ひどい……このままじゃ……王子が壊れてしまう……」

ジンは百回以上射精させられ、もう意識が朦朧としているのか、グッタリと横たわったままほとんど動かない。それでも時折腰だけがビクビクと痙攣するのは、強制的に搾精され続けているからだろう。

『いよいよ本性を現してきたな。ヒヒヒ、ヒルデガルドよ、頃合いじゃ』

「ハイ、ゾドム様。どうかしら、リリーナ、そのチンポは気に入ったかしら？」

ヒルデガルドがアイマスクを外すと、リリーナは澱んだ瞳を瞬かせた。

「ハアハア……お姉様……だめなの……全然気持ちよくないの……あぁぁん……小さいし……フニャフニャだし……精液も少なすぎて……あぁぁ……全然物足りないの」

姉の尻に顔面騎乗されているのが恋人だと気付かないまま、毒婦のように悪態をつく。

「そんな役立たずのゴミみたいなチンポはいらないわね？」

「はあはぁ……いらない……こんな、役立たずのゴミチンポなんて……あぁぁん……いらない……いらないのぉ……はぁん」

煮え滾る淫欲に支配され、リリーナは求められるままに卑猥な言葉を紡いでしまう。赤い瞳は理性の光を失い、獣のような欲情にぎらついていた。ハアハアと荒々しく喘ぐ唇からはダラダラと涎が溢れ出している。

「そんなダメチンポはキンタマ潰して、去勢してしまいなさい」

「あああン、キンタマ……っ、潰して……去勢っ……はぁぁん」

ゾクゾクゾクッ！

得体の知れない昂奮に背中が震え、金髪が逆立つ。これから正義のヒロインとして取り返しのつかないことをしてしまうのだという背徳感が心を震撼させる。

「あぁ……去勢だなんて……そんな……そんなこと……あぁん」

わずかに残った良心が逡巡させるが、改造媚肉はペニスと陰嚢に絡みつき、貪り喰おうと蠢いてしまう。

「短小包茎の粗チンなんて、存在価値はないわ。断種して成敗するのが神殼戦姫の聖なる務めですわ」

「あぁぁ……私の……神殼戦姫の務め……私の正義……」

悪魔の囁きが脳内に染み込み、蜜襞が牡を食い尽くそうと勝手に動き出す。

ヴゥィィイン！　グチュグチュッ！　ヴゥィィイン！　グチュグチュルルッ！

「あぁぁ……リリーナひゃま……つぶさないレ……それだけはゆるして……ううう」

いよいよ睾丸を潰されると知って、ジンは青くなったり赤くなったりして、苦悦の呻き声を上げる。だがその声は極限の発情状態のリリーナには届かなかった。

「あ、あぁぁ……この短小包茎のゴミチンポを……成敗することが……はぁぁうん……私の正義なのね……あぁンっ」

「オホホ、そうよリリーナ。正義ってとっても昂奮するでしょう。乳首もこんなにピンピンに勃起させて、中までグチョグチョですわよ」

黒紫の手袋の指先がズプズプと乳管に埋まってくる。

「うあぁ……お姉様……そこは……だめぇ……あぁぁっ」

「ほら、自分でオッパイを揉んで、もっと気分を出しなさい」

乳腺内に作られたGスポットと前立腺をコリコリとくすぐられると、頭の中が真空状態になる。操られるように手が伸びて、自ら双乳を揉み嬲り始める。

「あ、ああン……お乳出る……オッパイ出ちゃう……あぁぁぁぁっ！」

ムニュムニュと変形する爆乳、そそり立つ乳首から母乳をビュッビュッと噴きながら、逆レイプの処刑ピストンを撃ち込んでいく。飛び散った母乳は姉の豊満な身体を伝わってジンの口にも流れていく。

「さあ、キンタマを潰しなさい。そうすればゾドム様がもっと気持ちよくしてくださるわ」

「ゾドム様が……あぁぁぁ〜〜〜〜〜〜っ！」

淫紋がさらに赤く輝き、陰嚢を包み込んだ膣肉が万力のようにギリギリと圧搾していく。

「うあぁ……くあああぁ……リリーナひゃま……ぅああぁ……つぶれひゃうぅ」

男の急所を揉み潰される苦痛にジンは仰け反り、押さえられた手脚をヒクヒクさせる。

搾精され続けた睾丸はすでに弱体化され、ブドウのように軟化していた。

「あぁぁん、イイ声……わたくしもとっても昂奮しますわぁッ……あぁむっ」

再びアナルを押しつけて媚毒愛液を王子の唇へドッと注ぎ込む。痛苦に苛まれていたジンは、無我夢中といった様子で、姉皇妃の肛門に舌を伸ばす。すると痛みは瞬く間に消え去り、肉体も魂も溶かすような灼熱快美が陰嚢に湧き起こった。

「あ、ああ……あああぁ……も、もう……止まんない……正義……正義……正義ィッ！

あぁぁ……去勢……去勢……去勢ィッ！　あぁぁぁむ！」

清純な正義の心までも、歪んだ淫欲へと塗り替えられ、身も心も暴走状態に突入する。

パンッ！　パンッ！　パンッ！　パンッ！　パンッ！　パンッ！　パンッ！

打ちつけるヒップから激しい音が響き、拷問器と化した蜜壺が少年王子のペニスと陰嚢を咀嚼していく。

「恋人に潰されるのはどんな気持ちなのかしら？　ウフフ」

「う、うあぁ……リリーナ様に……潰されちゃうのに……あぁ……気持ちイイです……」

闇の神殼戦姫の蜜穴は、それまでの数倍の快楽を送り込んできて、ジンは白目を剥いて悶絶する。灼熱の坩堝に放り込まれ、身も心もドロドロに溶かされていくような錯覚に襲われた。もはや自分はふたりの美姉妹に捧げられた生け贄なのだという殉教めいた愉悦の陶酔に脳を溶かされていく。

「ああン、去勢されてるのにオチンチンぴくぴくさせて悦んでるなんて、なんて惨めな変態なのかしら……あぁん……短小包茎のクズチンポなんか、この世にいらないのよぉ」

浅ましい台詞が強要されたモノか本心なのか、自分でもわからなくなっていた。

（あぁ……そうだわ……これが私の正義なんだわ……）

「あふンっ……包茎も短小も許されない悪よっ……はあはあ、あはぁぁ……正義のオマンコで……キンタマカラッポになるまで、精液を搾り取って、インポにしてやるわっ」

キュバアァァアッ!!

闇のオーラが全身から噴き出し、リリーナは暗黒衣装に包まれる。再び闇の神殻戦姫アージュスレイブに堕ちたのだ。

「ンあぁぁ……身体が熱い……昂奮しちゃう……ああン、キンタマ潰して……断種しちゃうんだからぁっ……はぁぁん」

何かに取り憑かれたように、自分の乳首をくわえて母乳を啜り飲んでいく。

（あぁぁ……この感じ……イイ……ッ）

自らの媚薬母乳がキマって頭の中は虚ろになり、ここがどこで、何をしているのかさえわからないまま、下腹に全身全霊の力を込め万力のようにギュウギュウと締めつける。

その直後、淫紋がカアッと赤く輝き、何かが弾けるような感触が膣内に響いた！

「ウフフフ、最高の声を聞かせて頂戴っ」

瞬間を見逃さず、ヒルデガルドはお尻の位置をずらし、少年の口を解き放った。

「ンおぉおっ……あぁぁ……リリーナ様ぁ……あおおおぉおぉおっ」

ジンも理性を失った獣のように吠えながら、カクカクと腰を突き上げる。

ドピュドピュドピュゥ～～～～～～～～～ッ！

魂を搾り出すようにして最後の精を放つジン。それは消える寸前の蝋燭のような、最後の輝きだった。


「ンあぁぁ……ハアハア……い、今の声って……ハアハア……」

極限にまで燃え上がった身体に氷の針を刺されたような違和感。どす黒い不安の答えを探すように、視線を彷徨わせる。

『ククク、教えてやれ。誰を去勢処刑したのかをな』

「ほら、愛しい恋人とご対面よ、リリーナ。オホホホッ」

ジンの顔がリリーナにも見えるようにヒップをずらし、サディスティックに嘲笑する。

「ハアハア……うあぁぁ……そんなっ……そんなぁっ……ジン？　ジンなの……っ⁉」

しばらく瞼をしばたかせた後、リリーナは「ヒィッ」と悲鳴混じりの声を放つ。まさか去勢した相手が、一番守りたかった恋人、大事なパートナーだったとは……。

「ご苦労でしたリリーナ。ジンくんのオチンチンは海綿体も前立腺も精巣も完全にダメになって、短小包茎インポの種なしになりましたわ。ウフフ、自分でもわかるでしょう？」

「ああ、そ、そんな……そんなことぉ……」

意識を集中させると蜜壺内のペニスが完全に萎えて縮小していることが感じられた。精気もまったく感じられない。

「ハアハア……ああ……ジン……わ、私……なんてことを……」

狂熱が引くにつれ、少しずつ理性が蘇ってきた。そして向き合うのは恐ろしい現実。背筋が凍りつき、ブルブルと震えだす。

「オホホ、見事に去勢処刑完了ですわ。ほら自分の眼でご覧なさい、リリーナ、いえ新たなアージュスレイブ……ウフフ」

姉に乳首を引っ張られて重い腰を上げるリリーナ。ズルリと蜜孔からペニスが吐き出された。

「ハアハア……あ、あ……あぁぁぁ～～～～っ！」

吐き出されたペニスは小指の先ほどに萎縮し、まるで打ち上げられたクラゲのように白くプヨプヨした肉の芽に成り果てていた。

「海綿体は何の役にも立たない脂肪に変化したから、フニャフニャのプヨプヨですわ。タマタマも抜かれて、袋の中身はカラッポですわね。もう勃起することも子種を作ることも不可能ですわよ。ウフフフ……オホホホッ」

ただの脂肪の塊と化した陰茎と睾丸を抜かれた陰嚢を指でグニグニと揉み潰しながら、魔女のように嘲笑するヒルデガルド。

「ああ……ジン王子が……」「もう何もかもおしまいだ……ううぅっ」

兵士たちはガクリとうなだれて、嗚咽と共に絶望の声を絞り出す。

「う、うそ……こんなことって……うあぁっ⁉　な、何かが……お腹から……あひぃっ」

罪悪感にビクビクと身震いした瞬間、丸い卵のようなモノが二つ、リリーナの膣穴から続けざまに産み落とされた。

「ハアハア……あぁ……何……これは……？」

「アージュスレイブに堕ちた証、淫機卵ですわよ。これで貴女もわたくしの仲間。ウフフ、でもわたくしの時とは少し趣が違うようですね」

『淫機卵は聖なる力と絶望を吸って産まれるからのぉ。そいつは去勢された王子の睾丸がコアとなっておるようじゃな。ヒヒヒ』

「なるほど、ジンくんのキンタマのなれの果てですのね。デスプトン結晶で覆われてとっても綺麗。これは記念にとっておきましょうね」

意地悪く笑った姉が掌の上で輝く二つのエメラルドのような宝玉を見せつけた。

それは美しくも、二度と消せないリリーナの罪の証なのだった。

「あ、ああ……そんな……そんなぁ……いやあぁぁぁ〜〜〜〜っ！」

目の前が真っ暗になり、リリーナは気を失った。

「うう……あ……」

気がつくと温かく柔らかなベッドの上だった。

「目が覚めたか。アージュスレイブ・ミルヒよ。ヒヒヒ」

ゾドムが背後から抱きつき、皺だらけの手で乳房を捏ね回してくる。

「あぁ……スレイブ……ミルヒ……ンぁ……」

「そうじゃ、それが変身した時のお前の新たな名前じゃ」

耳元で囁かれ、ゾクゾクッとうなじが震える。あれほど嫌悪していた相手なのに、心地よい安心感すら覚えてしまう。

「それにしても最高の見世物じゃったな。元恋人の去勢ショウ……ヒヒヒ」

「あぁ……言わないで……ください……」

思い出しただけで悲しみに胸が張り裂けそうになる。目隠しされていたとはいえ、絶対に助けたいと思っていたジンを断種処刑してしまったのだ。もう二度と顔向けできないと思うと、涙が溢れてきた。

(でも……あぁ……)

だが同時にキュンッと子宮が熱く疼くのはなぜだろう?

「もう王子と別れる決心がついたじゃろう?」

「………」

まるで魂が抜けてしまったかのように、無意識のうちにコクリと頷いていた。

「儂がすべて忘れさせてやるわい。儂の『愛』でな」

心の隙を見逃さず、素早く唇を奪う。少しビクンと肩を震わせたリリーナだったが、抵抗もなく従順にゾドムの舌を受け入れた。

「ン……んちゅ……むぅん……ゾドム……さま……ちゅっ、くちゅっ……はぁぁん」

トクン……トクン……トクン……トクン……トクン……ッ。

カラッポになった精神の穴にゾドムが入り込んでくる。それが偽りの愛だとわかっていても、愛欲の神殻戦姫となった身体は求めずにはいられないのだ。

「ヒヒヒ、可愛いやつめ。ほれ」

ニヤリと嗤ったゾドムが唾液を送り込んできた。

「んんっ……あぁっ……くちゅぱ……ゾドムさま……こく、こくんっ……はぁぁっ」

ヤニ臭い老ゴブリンの唾液が究極の甘露に感じられ、飲み下すたびに魂が震えるほどの悦びに包まれてしまう。

（あぁ……どうしてこんなに美味しいの……）

積極的に唇を重ね、舌と舌を絡ませながら、唾液を啜り飲む。ゾドムのすべてが愛おしく感じられた。

「どうやら完全に堕ちたようじゃな。ヒヒヒ」

甘く鼻を鳴らしながら舌を絡めてくるリリーナの様子を見て、生意気だった皇女の心をへし折ってやったという実感がこみ上げてきた。あらゆる淫呪と改造を施し、それでもなかなか屈しなかったアージュフラムをついにアージュスレイブに堕落させたのだ。芸術作品を造り上げたような感動で、胸と股間が熱くなる。

「はぁはぁ……全部忘れさせて……チュッチュッ……ゾドム様の逞しいオチンポで……何もかも忘れさせてください……れろぉ……あはぁぁンっ」

キスしながら伸ばした手がゾドムの股間をまさぐりだす。キスだけで肉体に火が着いて、秘奥がジクジクと浅ましい牝蜜を湧かせてしまう。

「恋人のキンタマを潰して昂奮したのかのぉ？　ヒヒヒ」

皮肉っぽく笑いながら肉棒をつかみ出し、リリーナの鼻先に突き出した。

「あぁ……そんなことは……はぁん……ちゅぱぁ」

頬を赤く染めながら機械化男根に舌を這わせるリリーナ。だがゾドムの言葉を否定できなかった。抵抗できない少年を逆レイプし、短小包茎の種なしインポへと徐々に去勢していく間、得体の知れない高揚感に襲われていたのは事実だ。そしてそれは睾丸を潰して抜き取った時にピークに達し、二度と消せない何かをリリーナの魂に刻み込んでいったのだ。

「んふっ……むふっ……じゅぽっ……じゅぱぁ……じゅるるぅっ」

思い出しただけでどす黒い昂奮が蘇り、リリーナは取り憑かれたように頬を窄め、唇を突き出した下品なフェラ顔をジュポジュポと上下させた。

獣の匂いが鼻を突き、塩苦い恥垢の味が口いっぱいに広がるが、今のリリーナにとって最高の味であった。

「しゃぶりつきおって。そんなに儂のチンカスがうまいか？」

「くちゅぱ……は、はい……ぴちゃくちゃ……ゾドム様のオチンポは……この世で最高のオチンポです……じゅぱじゅぱぁ……チンカスもとっても美味しいの……はぁぁん」

いやらしく小鼻を膨らませ、ジュルジュルと卑猥な音を立てながら口淫奉仕にのめり込んでいく。それだけで脳が痺れるような快美が口腔に満ちて、腰がうねってしまう。

「せっかくじゃ、そのデカパイも使ってもらおうかのぉ」

「ハア、ハア……ハイ……あぁん」

風船のように膨れ上がった双乳を寄せて、ゾドムのイチモツを挟み込み、下から上に扱くように愛撫する。

（うあぁぁん……すごく……感じちゃう……）

乳房全体が性器になったように乳悦がこみ上げ、乳首からは早くも母乳がジクジクと滲み出す。身体中を牡に奉仕できるように改造されてしまったことが、とても幸せなことに感じられた。

「娼婦のようにうまくなったのぉ、リリーナ。褒美をとらそうぞ」

リリーナの頭を左右からつかんで固定し、グッと腰を突き出す。

（ああ……出されちゃう……お口に……あぁ）

期待に胸がときめき、淫紋を彫られた下腹がキュンッと疼いた。しかし……、シャアアァァァ～～～～ッ！

「んぐぐぐっ……むふぅぅっ……ごきゅごきゅっ……ごくんっ！」

「ヒヒヒ、小便じゃ。ありがたく飲み干せぇ」

熱水のような小水が怒濤の勢いで噴き出し、リリーナの口腔を埋め尽くした。

「んぐぐぅう～～～っ！　いっぱいらして……んぐむぐぅ……ごくん」

猛烈な腐臭漂う汚辱水を、喉を鳴らしながら嚥下するたび、なぜか得も言われぬ多幸感と快感が脳内を埋め尽くす。

「うまいか？　儂の小便は？　ほれほれぇ」

支配する悦びに昂奮しながら放尿を延々と続けるゾドム。必死に受け止めすべてを飲み干すリリーナの身体がブルブルッと震えだした。

「んんむ……ぷはぁ……はぁん……なんで……こんな……オシッコで……お口だけで……ああぁ……イクッ！　あああ……イっちゃうゥ～～～～ッッ！」

アンモニア臭い息を吐き出しながら、煌めく金髪を振り乱し、汚辱の絶頂に駆け上がるリリーナ。

「フヒヒ、儂の小便を飲んだだけで気をやったか。儂の体液ならなんでも感じるようになったようじゃな」

「ハア、ハア……ハイ……もうゾドム様なしでは生きていけません……はぁぁン」

（すごい……ゾドム様のオチンポ……ああ、もうこれから……離れられない……）

あれほど焦らされ、待ち焦がれたエクスタシーをいとも簡単に与えてくれたゾドム。その存在はリリーナにとって絶対の神に等しかった。ゾドムの機械化ペニス以外、あらゆることが色褪せて感じられ、国も姉もジンも、どうでもよくなっていく。

「では、儂の奴隷妻になると誓うか」

「ああ……それは……」

「誓わねば、おあずけじゃぞ」

目の前で雄々しく勃起した機械化ペニスを左右に揺らす。

「うぁぁン……わ、わかりました……誓います……リリーナは……はあはあ……ゾドム様の……ど、奴隷妻になります……あうぅ」

ジンを失ったことで何かがリリーナの中で折れていた。尿を飲まされたせいか、身体はますます熱く燃え、秘奥が痛いほど疼いている。心も身体も堪えうる限界をとっくに超えていた。

「よしよし、ではこれを着けてやろう。儂の所有物になったという証拠じゃ」

ゾドムが懐から取り出したのは緑色の宝玉のピアス。美しいアクセサリーだが、ソレを見たリリーナの顔は強張っていく。

「気付いたか。お前が去勢した王子の睾丸を加工して作ったものじゃ。ヒヒヒ」

「あああ……そ、そんなものを……」

「お前の罪と愛の証じゃ。愛欲の神殻戦姫に相応しい装飾具じゃて。イヒヒ」

「あ、ああ……」

ゾドムの狂った発想に寒気を感じながらも、なぜか逃れようという気持ちが起きない。むしろそれを受け入れることが、自分に相応しい罰のようにも思えた。

「動くでないぞ、ほれっ」

痛みを感じるより早く左右のラビアを貫通し、睾丸ピアスが嵌められた。すぐさま魔法で金具を溶着され、二度と外せなくなってしまう。

「よく似合っておるぞ、フヒヒ」

「あぁ……あ……ありがとう……ございます……はぁうぅ……ン」

陰唇を飾る淫虐なピアスを見つめ、ますます敗北感と深い悲しみに打ちのめされる。しかし一方で媚肉はさらなる蜜を湧かせ、何かを欲しがるかのようにヒクヒクと蠢いた。

「ああ……ゾドム様……もう、がまんできません……ハアハア」

「クヒヒ、では犯してやろう」

正常位でリリーナに覆い被さり、そのまま機械勃起を秘唇にあてがう。鮮やかすぎるパッションピンクの蜜襞とグリーンの宝玉のコントラストがゾドムの目を楽しませる。

「いくぞ」

ズブズブと金属的な異形のペニスがリリーナの濡れた膣穴に埋まってくる。

「あ、あぁぁ……ゾドムさまぁ……お、大きい……ぅあぁ〜〜〜〜ッ」

ひりつくような拡張感に続いて、蕩けるような快美が湧き起こる。飢えきった蜜肉は剛棒にむしゃぶりついて、さらに深く引き込もうと蠢く。

「ヒヒヒ、素晴らしい味わいじゃ。やはり機械化したモノ同士、相性は抜群じゃな」

アージュスレイブとして完成した媚肉を味わい尽くすように、小刻みな抜き差しを繰り返しながら、最奥にズブリと突き刺した。

「まずは一回気をやらせてやろう。ほれほれ」

「ヒッ、ヒィッ！　奥に……あ、当たって……あぁぁあっ」

デスプトンのイボとイボとが擦れ合い、高圧電流のような快美が脊椎を駆け上がる。バチバチと鼻先で赤い火花が散り……、

「ンあぁぁッ！　そこ、イイ……ああ……イクッ、オマンコイクッ！　イクゥっ！」

恍惚の矢に撃ち抜かれ黒衣に包まれた身体がギクンギクンと痙攣する。あまりにも急激な肉体の昂りに、精神がついていけない。媚肉がキリキリと収縮し、愛液をドッとピアスに吐きかけた。

「ヒヒッ、もう気をやったか。本当にスケベな身体じゃ。お前もイイじゃろう？」

「ハア……ハア……すごく……気持ちイイです……ゾドム様……あぁむ」

これまで機獣やゴブリン兵にも犯されたが、ゾドムとのセックスに比べれば児戯に等しい。挿入された時の一体感が桁違いなのだ。太さと長さだけでなく、カリの角度、イボの数と配置など、すべてが鍵穴と錠のごとくリリーナにピッタリと嵌まるのだ。

「そうじゃろう。儂のチンポにあわせて改造したのじゃからなぁ」

自慢げに嗤うゾドム。射精せずに勃起は維持したまま、余裕の表情で責めを継続する。

ジュブッ！　ヌプヌプッ！　ジュブブッ！　クチュンッ！

「ンあぁ……あぁぁン……ゾドム様……気持ちイイです……あぁぁん……オマンコ……感じちゃう……あぁあっ……イイッ」

力強いピストンで突き上げられるたび身体がずり上がり、子宮がお腹の中で跳ね躍る。たまらず伸びた腕がゾドムの背中に回され、キリキリと爪を立てる。

「ンあぁ……あぁあっ……もう、イクッ……あぁぁ……またイっちゃうっ！　オマンコイクゥ～～～ッ！　あぁぁ～～～～ん！」

「イクッ！　イクイクイクッ！　飛んじゃうぅ～～～ッ！　あぁぁぁぁっ！」

ほんの数回突かれただけでリリーナは絶頂に追い上げられ、そのままイキっぱなしになる。肩をくねらせるたび爆乳がブルンブルンと揺れ弾み、母乳の雫を飛ばした。

「ハアハア……ゾドム様のオチンポ……好き……大好きですぅ……はぁぁん……嬉しくて……子宮が溶けちゃいそう……うああ……またきちゃう……イクゥッ！　イっちゃうのぉ！　はぁぁン」

媚声で甘えながら、腰を振り立てて、さらなるおねだり。かつての凛々しい姫騎士の面影はもはや見られない。

「すごいラブラブですわね、リリーナ。嫉妬してしまいますわ」

「はぁはぁ……ああ……お姉様……ジ、ジン!?」

そこへアージュスレイブの黒衣に身を包んだヒルデガルドがジンを伴って現れた。ジンは四つん這いで首輪の鎖を引かれ、まるで犬のような扱いだ。去勢されたペニスには極小の鍵付き貞操帯が嵌められ、下腹部には淫紋まで彫られていた。

「うう……リリーナさま……」

悲しみに潤んだ瞳がリリーナを真っ直ぐ見つめてくる。まるで責めているかのように感じられた。

「ジンくんにハッキリ別れを告げて欲しいのです。まだ未練を残しているらしくて、わたくしのアナル用舐め犬奴隷になることを拒んでいますの」

ヒルデガルドは豊満なお尻をくねらせる。

「あぁあ……ジン……そんな目で見ないで……私は……もう……ゾドム様のモノ……ど、奴隷妻なの……あぁっ」

恥辱に戦慄きながら身を起こし、大股開きに開脚する。ラビアを飾る二つのピアスが、キラキラと残酷な光を放つ。

「み、見て……ジン……綺麗でしょう……これは……あなたの……キ、キンタマで作ったの……はあぁぁ……ゾドム様の永久奴隷になった証……婚約ピアスなのよ……あぁン」

ゾクゾクゾクゥッ！　ジンの視線がピアスに刺さるのを感じると、激しい羞恥と同時に、抑えようのない背徳の昂奮が背中を這い上がる。

「リリーナったら、あなたを去勢した昂奮を忘れないように、抜き取ったキンタマをアクセサリーにして身につけているのよ」

「………………ッ！」

あまりのことに絶句するジンにヒルデガルドが囁きかける。黒手袋の指が、タマを抜かれた陰嚢をヤワヤワと押し揉んだ。

「見せつけてやるか。どれ、次はココじゃ」

リリーナの身体を俯せに裏返し、脚を開かせる。ムッチリと張りつめたお尻の合間に勃起を差し入れていく。

「ンあぁぁ……お、お尻なんて……あぁぁっ」

排泄孔はほとんど触れられていないだけに、動揺するリリーナだったが……。

「大丈夫じゃ。ばっちり改造済みじゃよ。安心して任せるのじゃ」

薄桃色の括約筋をこじ開けて、逞しい淫棒が押し込まれてくる。

「うあぁぁ……入って……くる……あぁぁっ……大きい……っ」

生まれて初めての衝撃に尻タブが強張る。その一方で肛門粘膜は柔軟に拡がってゾドムをくわえ込んでいく。真綿のような柔らかさと生ゴムのような締めつけを併せ持つ、理想的な媚肛だといえた。

「おお、予想以上にいい具合じゃ。ほれほれっ」

肛門粘膜を巻き込みながら巨根が押し込まれ、リリーナはお尻を捩りながら、喉を反らせた。やがてゾドムの腹とリリーナの尻肉が密着し、勃起は根元まで埋まりきった。

「ああっ、あああっ……お尻でも……感じちゃう……これ、すごい……ンあぁぁぁっ！」

ズンッズンッと肛径を突き上げられるたび、骨盤がグズグズに崩れてしまいそうな肉悦に襲われる。媚肉から新たな愛液が滲み出し、太腿にまで垂れていく。

「どんな気持ちか恋人に教えてやるのじゃ」

「う、うぅあぁ……ジン……ゾドム様のオチンポが深くて……お尻がとっても気持ちがイイの……あぁぁ……」

「ジンくんとオマンコした時とどっちがいいのかしら?」

「ああ……お尻のほうが感じちゃう……あぁぁ……ジンより……逞しいオチンポで串刺しにされて……あぁぁ……とっても幸せなの……あぁぁ……ゾドム様ぁ」

頭の中は虚ろになり、ジンの前だというのにクネクネとお尻を揺すっては、セクシーな牝啼きを奏でてしまう。排泄器官はこれまでほとんど責められていなかっただけに、新たな快美に狂わされ、どう対応してよいかわからない。

「はぁぁっ……また……イクッ……イクイクイクッ！　ぅあぁぁ……お尻の穴でも……イっちゃうぅっ！　うう、あぁぁぁぁ～～～～ッッ！」

反り返る背筋を夥しい汗が流れ落ちていく。抗うことのできない連続アクメを極めさせられ、孔という孔がすべて、ゾドムのために改造されてしまったのだと思い知らされた。

「スゴイでしょう、ジンくんの時はあんな顔しなかったでしょう?　あれが本物の牡ですわ。去勢断種されてしまったジンくんには、未来永劫リリーナを満足させることはできないのよ。ウフフ」

「うう……リリーナ様……」

ジンは正座のまま悔しげに唇を噛む。恋人の激しい痴態を見せつけられているのに、ペニスは貞操帯の中で頭を垂れたまま、惨めなガマン汁だけを滴らせている。精力だけでなく知識や経験でも、牡として醜い老ゴブリンに完敗していることを思い知らされる。

「恋人の前だというのに激しいのぉ。そんなに肛門セックスがよかったか？　ヒヒッ」

ゾドムが剛棒を抜くとアヌスはポッカリ口を開いたまま濡れた腸粘膜を晒していた。

「ハアハア……あぁぁ……ゾドム様との……ア、アナルセックス……とてもよかったです……あぁ……クセになりそう……ジンとは比べものになりません……はあ、はあぁぁん」

魔薬のような肉の快美に脳が痺れ、さらに官能が燃え上がるのを抑えられない。菊門のすぐ下で媚肉は赤貝のように開いて背徳ピアスを光らせ、溢れ返る本気の牝蜜が太腿にまで垂れていた。

「ヒヒヒ、もちろん乳マンコも忘れてはおらんぞ」

休む間も与えず、今度は仰向けに横たえさせ、依然として起立したままの獣肉棒を乳首にあてがう。母乳愛液に濡れた乳頭に、機械剛棒がズブズブと埋まっていく。

「あ、あぁぁ……お乳……乳マンコに……ゾドム様のオチンポが……入ってる……あぁぁあ～～～～～ンッ！　イイッ！」

「そんな……リリーナ様の胸に……まで……ひ、ひどいです……」

見事に左右に開いて剛棒をくわえ込む乳頭は、女性器と見まごうばかりで、ジンは目を見開いて絶句する。あの凜々しく美しかったリリーナが、ここまで淫らに改造されてしまったとは……。

「ちゃんと同意を得ているわい。そうじゃな、リリーナ」

乳肉奥深くに押し込んだ肉棒をシチューを掻き混ぜるように回転させる。

「あぁぁ……そ、そうです……ゾドム様に悦んでもらうために……あぁぁ……オッパイでもオマンコできるように……私からお願いして……改造してもらったの……あぁぁン……お乳マンコ、気持ちがイイの……あぁぁぁむ」

乳房全体がピンク色に染まり、汗で光ってヌラヌラと輝きだす。溢れ出る母乳で濃厚なミルク臭がムンムンと匂った。

「柔らかくて、よく締まるわい。たまらん乳マンコじゃな。ほれほれ、Gスポットと前立腺、どちらも刺激してやるわい」

パンッ！　パンッ！　パンッ！　パンッ！　パンッ！　パンッ！

ゾドムがピストンするたびに、波紋が広がるように乳肉が波打ち、揺れた。

「あぁっ……ああぁっ……そ、そこぉ……イイ……あぁぁ……たまんない」

膣肉に勝るとも劣らない牝悦と、射精欲求にも似た荒々しい衝動とが混じり合い、リリーナの肉という肉を一瞬で焼き尽くす。

「あああぁ……イクッ！　ジン……私を見てぇ……ああ、イっちゃう～～～ッ！」

プシャッ！　ビュルルッ！　プシャアァァッ！

粘っこく熱い母乳が噴き出し、リリーナはヒイッと喉を軋ませて胸を反らした。

「ヒヒヒ、こっちもじゃ。思い切り気をやってみせるのじゃ」

抜き放つと、すぐさまもう一方の乳首に挿入していく。

パンッ！　パンッ！　ジュプジュプッ！　パンッ！　パンッ！　ズブズブゥッ！

「ンあヒィィッ……あぁぉッ……こっちもイクっ……ンあああぁぁっ！　ゾドム様……ああぁ……リリーナ、狂っちゃう〜〜〜〜ッッ」

乳悦アクメが左右の乳房で持続し、リリーナは官能の頂上から降りられなくなっていく。痙攣する乳首が根元をきつく喰い締め、乳肉全体が亀頭を温かく包み込む。妖美な肉の感触は膣孔では味わえない。

「犯せば犯すほど味が良くなる素晴らしい乳マンコじゃ。おりゃあっ」

ズンッと最奥までねじ込み、乳内の前立腺をグリグリと刺激する。

「ああぁぁ……ゾドム様……また出るぅッ！　お乳マンコ、気持ちよすぎて……狂っちゃうぅッ！　ああ、ミリュク、出ちゃうぅ〜〜〜〜〜ッ！」

プシャアァァァァァァァッ！

先ほどよりも激しく噴水のように垂直に打ち上がり、天井に届きそうなほど。

「極楽じゃ。これをもう味わえないとは、哀れな男よのぉ」

この極上名器を独占できる悦びを、ジンに向かって誇示しながら剛直を抜き放った。ポッカリ口を開けた二つの乳首からトロトロと母乳が溢れ出す。

「わかったかしら、リリーナはもうキミの手の届かないところへいってしまったのですわ」

「うう……」

ガクリと首を折るジン。たとえここから脱出できたとしても、リリーナと結ばれることは永久にないような気がして、諦念が心を蝕んでくる。

「悔しくても哀しくても、ジンくんはわたくしのマゾペットになるの。みじめな寝取られマゾの舐め犬奴隷に調教してあげますわ。ウフフフ」

クスクスと嗤いながらジンの淫紋をスッと撫でる。すると……、
ヴヴヴヴヴッ！　羽虫のような音がして、ジンの陰嚢が震えだしたではないか。

「カラッポのままじゃ可哀想だから、デスプトンの振動玉を入れてあげたのよ」

「う、うああ……中で……痺れる……ぅあぁぁぁぁンっ！」

「去勢されて勃起できなくても感度は数十倍に上がってるから気持ちイイでしょう。もっともどんなに気持ちよくても射精できないし、絶対にイクこともできないのですけどね。オホホホ」

「そんなぁぁ……と、止めて……あああぁ……止めてください……ぅあぁんっ」

正座のまま突っ伏して悶絶するジン。陰嚢の中で振動するデスプトンの刺激がペニスに伝わり、貞操帯の中でプルプル震えている。すぐにでも果ててしまいそうな凄まじい激感だが、射精機能を奪われ、脂肪の塊にされたペニスはプルプル震えるだけで勃起すること

はなく、虚しい先走りの露だけをポタポタと滴らせていた。

「とっても敏感なのに絶対にイけないオチンチン、それだけで拷問具ですわね。ホホホッ、さあ、イキたかったら、ゾドム様にこう言うのですよ」

耳元で囁くヒルデガルド。その間もしなやかな指先が小型貞操帯を撫で回し、陰嚢をモミモミと圧迫してくる。

「うぅ……あぁ……そ、そんなこと……」

屈辱に中性的な美貌を歪めるジンだが、改造され淫紋をうたれた身体では、それ以上堪えることはできなかった。

「くぅ……ゾ、ゾドム……様……情けない……短小包茎で……種なしインポの……僕から……リリーナ様を……寝取っていただき……あ、ああ……ありがとうございます……ど、どうか……ゾドム様の……た、逞しい本物の牡のペニスで……劣等牡……寝取られマゾの僕に代わって……リリーナ様を……し、幸せにしてあげてください……くうぅっ」

「オホホホ、よくできましたわ、ジンくん」

背後に回ったヒルデガルドが、呪文を唱えると股間にペニスバンドが装着された。肌色の男根そっくりの張り形をジンのアヌスに押し当ててくる。

「あああっ……そこは……」

「だってオチンチンじゃイケないんですもの。早くこっちでメスイキできるようにならないといけませんわ。いずれオチンチンなんかよりずっと気持ちよくなりますわよ」

「あ、あぁあ……そんな」

ディルドゥを少しずつ肛門にねじ込まれ、ジンは脂汗を垂らして苦しげに呻く。張り形は亜人たちのモノに比べれば小振りだが、初めての少年にはかなりの苦行だ。

「これは去勢する前に型を取っておいたジンくんのオチンチンよ。ウフフフ、自分のオチンチンでメスにされるのはどんな気分かしらね」

「あ、あぁあっ……そんなもの……入れないで……ヒルデガルド様、お許しを……ぅあぁぁぁ……ンっ」

悲鳴を上げて薄い胸を反り返らせるジン。男としての機能を奪われたせいか、抵抗も弱く儚い。恋人との仲を裂く楔が、根元まで撃ち込まれてしまう。

「恋人を寝取られているというのに、情けない男じゃ。お前もそう思うじゃろう？」

リリーナを四つん這いにさせ、背後から剛獣棒を突きつける。しかしすぐには挿入せず、クレヴァスに沿って、前後に擦りつけてくる。

「あ、あぁ……お姉様……ジン……あぅぅ」

「でもこの子ったら、昂奮しているのよ。フフフ、救いようのない変態ですわね」

「うあぁ……ち、ちがいます……これは……あぁ……リリーナ様見ないで……」

ジンは否定するものの、ヒルデガルドの言う通り股間の貞操帯からは、透明の牡露がオシッコのようにトロトロと垂れ流しになって溢れ続けていた。

「……ジン……」

姉の責めに身悶えるジンを見ているうちに、リリーナの心の中で何かがざわめく。

（ああ……何、この気持ち……？）

それはこれまで感じたことのないどす黒い情欲。ジンを去勢した時に埋め込まれた小さな種子が、今まさに芽吹こうとしているのだ。

「あんな情けない男より儂のほうがイイじゃろう？　コイツが欲しいのではないか」

背後から囁きながら、勃起の先端で蜜穴をクチュクチュと浅く掻き混ぜてくる。虚ろになった瞳には、女のヒルデに組み敷かれアヌスを犯されて喘いでいる、惨めなジンの姿が映っている。

「うあぁ……ハアハア……ゾドム様……あぁぁん」

牡として格の違いを見せつけられるたび、ゾドムへの愛情が強まり、ジンへの想いは急速に色褪せていく。それは支配し、いじめたいという気持ちへ変質していくのだ。

「はあはあ……ほ、欲しいです……あぁ……ゾドム様の素晴らしいオチンポ……あぁぁ……リリーナの……改造オマンコに……入れて……欲しいの……あぁぁン」

まるで尻尾でも生えているかのように、お尻を左右に振り立ててしまうリリーナ。皇女としての尊厳もプライドもすべて、淫欲の炎に焼き尽くされていく。尿を飲まされただけで精液を浴びていないことも、淫らな渇望を膨れ上がらせていた。

「ヒヒヒ、ならば自分からくわえ込め。王子に見せつけてやるのじゃ」

ゾドムは胡座をかき、剛棒を垂直に起立させたままニンマリと嗤う。あくまでも最後の堕落は、リリーナ自身にさせるつもりなのだ。

「ハアハア……ああ……はい……」

ゾドムに背を向けながら脚線をガニ股に開き、ゆっくり腰を降ろしていく。

「ハアハア……ああ……ジン……見て……はぁん」

両手を添えてワレメを左右にくつろげる。鮮やかすぎる濃桃色の粘膜が愛液を涎のように垂らし、それを飾る背徳のデスプトンピアスもキラキラと扇情的に輝く。

「うあぁ……リリーナ様……そんなことしては、い、いけません……あぁぁ」

見ているだけで股間が痛くなるほどのエロティシズムだが、ジンにとってはひたすら焦らされるだけの拷問であった。

「今のリリーナは愛欲の虜、何を言っても無駄ですよ。ジンくんも早く堕ちたほうが楽になれますわ……ほうら、もっと腰を振りなさい」

それに加えてヒルデガルドの操る張り形が、屈辱的で自堕落な快美を送り込んでくる。

ジンはアアッと少女のような声を上げながら、オズオズと腰を左右に振る。

「ああ……ジン……私はもう……ゾドム様のオチンポなしでは……あぁぁ……生きられない身体に改造されてしまったの……それにあなたの、赤ちゃんみたいなオチンチンじゃ……絶対に満足できないってわかったの……あぁぁっ」

告白をさせられながら、何かがリリーナの中でドロリと融解する。それは夥しい愛液となって牝孔から溢れ出し、愛しい牡の剛棒をヌルヌルにコーティングしていく。

「私は……セックスの強さと、オチンポの大きさで男性を選ぶ牝なの……だから……あなたと別れて……あぁぁ……ゾドム様と……結婚することに決めたの……あぁぁッ……ゾドム様のオチンポ……入ってくるぅっ」

ジュブブッ……ズブズブズブッ……ジュプジュプジュプゥゥッ！

「おほおぉ……ぶっとくて、硬くて、熱いぃ……ンあぁぁぁ～～～～～～～～ッッ！」

毒々しいほど赤く開花した淫唇が広がり、巨根をガッポリくわえて迎え入れる。

「はぁん……イイッ……奥まで届いて……あぁぁ……子宮にズンズン当たってるぅ……あぁぁ……ゾドム様のオチンポが一番イイです……最高ですぅ……あぁぁっ」

妖しいピンクの艶と光沢を持つ媚肉穴と、そこに食い込むメタリックな機械化男根の交接は、生々しいコントラストでジンの目を釘付けにした。

「ヒヒヒッ。恋人の前で孕ませてやるからのぉ」

ヴイィ～～ン！　ヴイィ～～ン！　ヴイィ～～ン！　ヴイィ～～ン！

ゾドムの機械ペニスの先端が、振動しながら回転を開始する。それにリンクして、リリーナの子壷が降りて、子宮口を拡げ始めた。

「ンあぁぁ……そんなにされたら……子宮が開いちゃう……ンあぁぁ～～～ッ！」

ギクンとおとがいを突き上げ、汗の雫を飛び散らせる。淫紋が赤く輝き、下腹がポッコリと盛り上がった。

「ゾドム様の太くて逞しいオチンポがリリーナの子宮にまで入ったのですよ。あれなら確実に妊娠するでしょう。恋人が孕まされるところを見ながら、メスイキさせてあげますわ」

　ズンズンと一際深く突き上げながらサディスティックに微笑むヒルデガルド。

「あ、あぁぁ……リリーナ……さまぁ……」

　悔し涙を滲ませ、絶望に歪む表情にも、どこか倒錯した陶酔が浮かんでいる。

　バイブに改造された陰嚢が振動を強め、貞操帯からもガマン汁が滴り続けていた。

「前立腺をグリグリされるとたまらないでしょう？」

「あ、あああっ……そこはぁ……ひぃあああぁっ！」

　射精欲求だけが爆発的に膨らむが、どう足掻いても射精することはできない。荒れ狂う淫欲が行き場を求めて下腹を駆け巡り、ジンは闇雲に腰を振り始めた。自分で自分を制御できなくなっていく。

「その調子ですよ。牡の快感を牝の悦びへと転換させるのですっ。それそれっ、もっと近くで恋人が妊娠するところを見ながらイきなさい」

　パンッ！　パンッ！　パンッ！　パンッ！　パンッ！　パンッ！

　ペニバンの腰をスライドさせるたび、激しく肉を打つ音が響く。さらに股間に回した手で陰嚢をギュウッとレモンを搾るように握り潰した。

「うあぁ……っっ」

　勢いに押し出され、ジンの顔がリリーナの股間へ密着する。牡と牝の体液が混じり合う結合部から濃厚な性臭が匂い立つ。

「お礼を言いながらペロペロしなさい、負け犬の舐め犬ちゃん」

「ううう……ゾドム様……リリーナに……優秀な子種で……種付けしてくださり……ああぁ……あ、ありがとうございます……ピチャピチャ」

屈辱の涙をこぼしながら、濡れた秘園に舌を這わせる。そのくせ貞操帯からも被虐の牡汁を滴らせている。

「舐め犬らしくなってきたな。ヒヒヒ、お前ももっと淫らになるのじゃ」

「はあぁぁん、ジン……見てる？　私がゾドム様に種付けされるところを見て、ガマン汁ダラダラ垂らして昂奮するなんてぇ……あああ……惨めで卑しくて……穢らわしい変態よ……あぁ、あぁぁンっ！」

ジュプッ！　ズププッ！　ジュプジュプッ！　グッチュンッ！

姉に舐め犬奴隷へと堕とされていくジンの姿を見ていると、ゾドムへの愛情が強まり、ジンへの支配欲がどんどん大きくなる。

「ハアハア……呪いが解けたって、アンタは一生、情けない負け犬のままなのよ……っ」

ジンをなじりながら、これ見よがしに大股開きで屈伸し剛棒を磨き上げていくと、かつて感じたことのない嗜虐の高揚感で魂が浮き上がるようだ。

「言うのぉ。コイツと結婚する気だったのではないのか？」

「あ、ああん……ジンとは別れて正解でした……ハアハア……惨めな負け犬、劣等牡の赤ちゃんなんて、死んでも欲しくないです……はあ、はぁぁん……やっぱりゾドム様以外の男なんて考えられません……あぁぁぁん……ゾドム様と婚約できて幸せぇ♥」

　双乳がタプンッタプンッとゴム鞠のように揺れ弾み、母乳の雫が飛び散る。極太に攪拌される媚肉からは、白く濁った本気汁が溢れ出し、淫虐ピアスを濡らしてそのふしだらな輝きを増していく。

「ヒハハァッ……そろそろ出すぞ、リリーナ。孕ませてやるぞぉ」

　恋人の目の前で、宿敵だったリリーナ姫を孕ませると思うと、昂奮を抑えきれない。

「あっ、あぁン……ゾドム様ぁ……中に出してください……はあはあ……ゾドム様の優秀な子種で……リリーナを孕ませてぇ……あぁぁぁむっ♥」

　蜜肉が螺旋に捻れながら獣棒を食い締め、子宮口が亀頭をガッシリとくわえ込む。肉イボ同士が擦れ合い、快美の火花を散らした。吸い取られるような激感に、さすがのゾドムも堪えるのをやめた。

「オオオッ！　孕めぇ、リリーナ！　儂の子を妊娠するのじゃあっ！」

　積年の情念を込めた熱濁流が、一気に尿道を駆け上がり、火山の噴火のように炸裂した。

　ドビュルルッ！　ドビュドビュドビュウ～～～～～～～ッ！

「ンあああぁぁっ！　ゾドム様ぁっ！」

　何億という精子が子宮から卵管へと流れ込み、リリーナの卵子へと群がる。改造されたエルフ卵子に拒否する機能などなく、次々と受精し、ゴブリン遺伝子を注入されていく。

「あぁぁぁ～～～～っ！　私の卵子、受精してるぅ！　あぁぁぁっ！　私とゾドム様の赤ちゃん、できちゃうぅぅ！　あああぁぁンっ！」

プッシャアァァッ！

ジンの顔に向かって盛大に潮をぶっ掛け、歪んだ歓喜に登り詰めていくリリーナ。大量射精でポッコリ膨らむお腹の上で赤い淫紋が煌々と輝く。

「イクッ！　あぁぁっ！　イクイクゥッ！　赤ちゃんできて……イっちゃうぅっ！」

高貴なるハイエルフの血脈を穢されているというのに、頭の中はゾドムの子を身籠もるという幸福感でいっぱいだった。

「はぁん、キスしてください……ゾドム様ぁ……あぁぁん♥」

膣内の温もりを感じながら、首を伸ばして甘えるように舌を絡ませていくリリーナ。多幸感にヒクッヒクッと痙攣する結合部からは入りきらない白濁がドロドロと溢れ出す。バケツをひっくり返したような、凄まじい量だ。

「さすがゾドム様、あれなら妊娠確実ね。さあ、ジンくんもメスイキしなさい。ちゃんとイクって言うのよ！」

ズンッと撃ち込んだディルドウがジンの前立腺を直撃し、バリバリと電流を流し込んだ。

「うあぁぁ！　きちゃうっ！　あぁっ……イクッ……イキますっ！　あぁぁぁッ！」

ジンが仰け反ると同時に、貞操帯から透明な液体がプシャアッと勢いよく迸る。

「オホホホ。完全無精子の潮吹きアクメ。ついにメスイキを覚えましたわね。恋人の種付けを見ながらイクなんて、救いようのない寝取られマゾですわね。ウフフフ」

「ハアハア……あぁぁん……ゾドム様……ピチャピチャ……」

首を後ろに反らしてゾドムと舌を絡め合うリリーナ。悦楽に蕩けた瞳に、もはやジンは映っていなかった。

第四章　絶望のククルシア編

数日後ゴブリンの軍勢がエルフィーヌに迫っていた。ゴブリン兵や機獣に加え、亜人や獣人も混じった大軍勢であった。

「くそ、なんて数だ」

「リリーナ様もヒルデガルド様もいないのに……」

「とにかく堪えるんだ。神殻戦姫がきてくれるかもしれない」

要を欠くエルフ軍は、もはや敵視していた神殻戦姫に頼るしかない。城前に陣を敷いて、徹底抗戦の構えだが、苦戦は必至だろう。

「ヒヒヒ、無駄な抵抗を。やれ、アージュスレイブよ」

「ハイ、ゾドム様」

エルフ軍の前に漆黒の衣を纏った美女がふたり躍り出る。仮面もなく堂々と素顔を晒しているのは、悪の女神アージュスレイブとなったヒルデガルドとリリーナだ。

「な……あれは神殻戦姫か？」

「いや、でも様子が変だぞ」

「それにあの顔は……まさか……リリーナ様と……ヒルデガルド様……？」

神殻戦姫の正体に気付いて動揺する皇国軍。まさか法皇妃と第二皇女が敵として現れるとは、衝撃的すぎて兵たちは攻撃もできず静まり返っていた。

「ご機嫌よう、エルフィーネの皆さん。わたくしヒルデガルドですわ」

「リリーナよ。ゾドム様に逆らうなんて無駄なことはやめなさい。今すぐ降伏すれば命だけは助けてあげる。奴隷として、だけどね」

「な、何を仰るんですか、ヒルデガルド様！」

「リリーナ様、正気に戻ってください！」

兵士たちが必死に呼び掛けるが、闇の神殻戦姫姉妹はまったく意に介さず、冷淡な眼差しを向けている。

「あら、抵抗するなんて愚かな人たち。まあ、そのほうが楽しめますわね。ウフフ」

「アンタたちの命、刈り取ってあげる！」

ギュオォオンッ！

二つの黒い影が飛翔し、無数のカマイタチと炎弾が皇国軍に降り注ぐ。

「ぐわあぁぁっ！　腕が、腕がぁ……っ」「ぎゃあぁぁっ！　燃えちまうっ」

あるモノは首を斬り飛ばされ、あるモノは炎に包まれて火だるまになる。皇国軍は総崩れになり、這々の体で逃げ出すのだが。

「ホホホッ、まるで虫けらのよう……ゾクゾクしますわッ」

竜巻が壁となって立ちはだかり、後退を許さない。

「アァン、昂奮しちゃう。もっとよ……もっと悲鳴を聞かせなさい！　アハハハッ」

巨大な炎の塊がゴオッと熱気を渦巻いて撃ち下ろされた。その時……！

「お待ちなさいなのっ！」

パキィィンッ！

目に見えない障壁が出現し、炎を弾き返す。跳ね返された炎はそのままゴブリン軍を直撃し、大爆発を起こした。

「星界の使者アージュクリスタル、華麗に見参なのっ！　悪いことは許しませんの！」

さくらのような桃色の髪に水晶のような深緑の瞳。スレンダーな低身長の身体を包むピンクのレオタード。そこから伸びる手脚も筋力とは無縁でほっそりと華奢な印象だ。

双乳は申し訳程度に盛り上がり、くびれもほとんどない。ヒップも完熟にはほど遠い青い果実。

「おお、三人目の神殻戦姫……？」「どことなく、巫女様に似ているな」

新たなヒロインの登場にゴブリンもエルフも騒然となる。

「アージュクリスタルだと？」

ゾドムの機械の紅眼がクリスタルを凝視する。

「な……レベル999……!?　何かの間違いではないのか？」

ゾドムは目を擦る。ゾドムのレベルは40、変身したリリーナやヒルデガルドですらレベル50台。文字通り桁違いの強さだ。

「このレベル……さては巫女か……遺跡とのリンクを回復させおったのか。じゃが儂のアージュスレイブふたりに勝てるかな。やれいっ！」

ゾドムの命令でリリーナとヒルデガルドがアージュクリスタルに襲いかかる。

「死になさい！　はあぁぁっ！　暗黒奥義ダークフレイム！」

「切り刻んであげますわ！　暗黒奥義ヴァルムヴェント！」

キュオオォォンッ！

闇の力で強化された必殺技はまさに破滅的な威力。大気が軋み、大地が震撼する。

「くっ、母様、姉様！　正気に戻ってなの。うまくいくかわからないけど、クリスタルシャワァァァー！」

気合い一閃、小さな掌を突き出して咆哮すると、七色の温かい光が降り注ぐ。一瞬にして攻撃魔法は打ち消され、その光を浴びたアージュスレイブたちの動きがピタリと止まった。

「あ、ああ……こ、この光は……わたくしたち……何を？」

「ああ……私……身体を操られて……」

「よかった、母様、姉様。元に戻ったんですね！」

ふたりに駆け寄るクリスタルだが……ドクンッ！

「うっ……な、なんですの……お腹が……!?」

下腹に違和感を覚えてクリスタルはうずくまる。

「グフフ、あなたが眠っている間、何もしなかったと思っているのですかな」

馬型機獣と化したゲドルフが嗤う。

「く……ゲドルフ……ですの？」

「少しずつ機性蟲を送り込んでおったのじゃよ。防壁もくぐり抜ける合体型じゃ」

「機性蟲……ぅあぁぁっ！　こ、これはなんですの……⁉」

悶えるクリスタルのお腹に、赤い紋様が浮かび上がる。それは母や姉と同じ禍々しい淫紋であった。

「危うく惑わされるところでしたわ！」

ヒルデガルドが放った旋風がクリスタルに襲いかかる。

「きゃあああっ！」

高電圧を帯びた竜巻に巻き込まれ動きを封じられるクリスタル。

「あなたの不完全な力で、私たちの洗脳を解くことはできないわ」

リリーナの放った炎が直撃し、大爆発が起こった。

「きゃぁぁぁ～～～～～～～っ！」

ズドドドドォォォンッ！

吹き飛ばされたクリスタルの小さな身体が地面に叩きつけられる。ボロボロになった変身少女の身体から桃色の光が飛び散って、変身を解除されてしまった。

「ああ、あれは……巫女様じゃないか……」

「ククルシア様もやられた……もうだめだ……」

アージュクリスタルの敗北を目の当たりにした皇国軍に絶望が広がる。

「ヒャハハハッ！　儂らの勝ちじゃ！　全軍進撃じゃあ！」

ゴブリン軍が進撃を開始する。それを押し留めることはもはや不可能だった。


その後数日のうちにエルフィーヌはゴブリンに占領されてしまった。レイアード聖堂前に刑場が設置され、聖なる巫女ククルシアは公開処刑されることになった。

「見よ、お前たちの最後の希望、アージュクリスタル、ククルシアも我が手に堕ちた。絶望するがよいわ」

ククルシアは手脚を鎖で拘束され、処刑台の上に仰向けにされていた。痛々しい姿に集められた国民は沈痛な表情だ。

「ククルシア。おいたが過ぎましたわね。お仕置きしてあげますわ」

「うう……母様……」

ヒルデガルドの冷徹な眼差しにゾッと寒気を覚える。無念にもあと一歩のところで洗脳は解除できなかったようだ。

「いきますわよ」

ヒルデガルドの手から細い機械触手がスルスルと伸び、ククルシアの股間に迫る。

「ああ、母様……やめてくださいなの……くぅっ」

ピッチリと薄絹を張りつけた恥丘はこんもりと盛り上がり、マシュマロを二つ並べたような柔らかそうなワレメを浮かび上がらせていた。その中心に不気味な触手がズブズブと埋まっていく。神殻戦姫のスーツはボロボロで、もはや防御能力は失われていた。

「そこはだめなの……い、痛い……いたいですの！　うあぁぁッ！」

ピリッと薄い膜を引き裂かれる衝撃と苦痛にククルシアの妖精ボディが反り返る。赤い破瓜の血が白い太腿にツウッと滴った。

「痛くなければお仕置きにならないでしょ、ククルシア」

リリーナが意地悪な視線で見下す。可憐な美少女が生け贄にされる姿が、彼女のサディズムを刺激するのか。ほんのりと頬を上気させている。

「ウフフ、でも痛いのは最初だけですわ。すぐに気持ちよくなりますわよ」

その間にもムカデのような機械触手が窮屈な秘穴をこじ開けて侵入してくる。

「はあはあ……うぅぅ……そんな……あぁぁぁ……深い……深すぎますの……ンぁむっ」

触手は子宮口に当たっても侵攻を止めない。神秘の扉を押し開き、さらに奥へと入り込んでくるではないか。

「子宮の中にまで届いたようですね。ウフフ」

「ハアハア……母様……そんな……あううう……く、くるしぃ……」

「ではこういうのはどうかしら」

ヴィヴィヴィヴィ～～～～ン！　ヴィヴィヴィヴィ～～～～ン！

「ンアアァアァァッ！　お腹の中で……う、動いて……あぁぁぁっ！」

胎内で触手の頭部が振動し、幼い子宮を内側から揺さぶってきた。

ククルシアの腹筋の薄いお腹がポッコリと膨らんで、淫紋がさらに赤く明滅している。

しかしヒルデガルドの言った通り、苦痛は薄皮を剥ぐように消え、熱く痺れるような感覚が広がってククルシアを混乱させる。

「ハアハア……こんなことって……どうして……ですの……？　ンあぁぁッ」

これまで感じたことのない快楽という名の拷問に、どう対応してよいかわからず、ククルシアは童顔を左右に振りたくった。

「先にゲドルフが送り込んだ機性蟲が子宮を改造し、一体化しておるのじゃ」

「だからこんなこともできますのよ」

子宮内を掻き混ぜていたムカデ触手が、ズルズルとゆっくり後退を始める。

「ンあぁぁ……お腹が……引っ張られてますの……ハアハア……母様、やめてください……ああぁ……ダメ……ダメなのぉ……うあぁぁん」

……子宮をガッシリつかんだ機械触手が、色素の薄い幼膣の柔襞を捲り返らせながら、抜け出てくる。無理矢理広げられた無毛のスリットから夥しい愛液が溢れ出してきた。

「うあぁ……あっ、あぁっ、あぁぁぁ～～～～～～～～ッッ!!」

魂まで引っこ抜かれそうな衝撃に、背筋が反り返り、拘束された手脚が強張った。

プズリュンッッ！　と妙な音がして幼い子宮が引きずり出されてしまう。

「ホホホッ！　可愛い子宮が出てきましたわ」

「子宮脱っていうのよ。フフフ、無様ね、ククルシア」

「ハアッ、ハアッ……あああ……し、子宮脱？　うそ、子宮が……」

引き出されたのは綺麗な薄桃色の子宮。触手によって天に向かって円錐状に吊られ、子宮口がパクパク開閉している。ククルシアに相応しい愛らしい生殖器であるが、子宮の表面には、お腹とよく似た赤いハート型の淫紋が刻まれていた。

「あ、ああ……引っ張らないで……離して……くださいなの……あうう」

ギリギリと吊り上げられ、幼い細腰が浮き上がるほど。

「あああ……巫女様の子宮が……」「母娘なのに、なんてむごいことを……」

巫女に行われる容赦ない責めに、国民たちも抗議の声を上げるが、アージュスレイブたちには称賛の歓声であった。

「まずは私から可愛がってあげるわ」

ククルシアの股間にリリーナが立つ。胸元をはだけ、たぷんっと波打つ爆乳でククルシアの子宮を挟み込んだ。

「ね、姉様……何を⁉　アアアァァァッ！」

豊かすぎる乳房がムニュムニュと変形しながら左右から圧迫してくる。まるで白い波に呑み込まれるよう。さらにリリーナは舌を伸ばして子宮口をペロペロと舐め回してくる。

「ンあぁ……そ、そんな……やめて姉様……あぁぁっ！　舐めちゃだめなの……ンあぁぁ……だめぇっ！」

子宮に彫られた淫紋が輝き、キュンキュンと子宮口が疼きだす。子宮は女の命の中心であり、最大の弱点だ。それは星界の巫女であっても変わらない。

「ねろれろぉっ……どうかしら、私のパイズリとフェラの味は……ぴちゃぴちゃ……気持ちイイでしょう？　ちゅぱちゅぱぁ……っ」

「うう……あぁぁ……そ、そんなことないですの……はぁぁああ……だめぇッ」

極上のテクニックで最大の急所を責められて、ククルシアは桃色の頭髪を振り乱す。しかし子宮はピクピク痙攣しながら、子宮口から愛液を滲ませ始めた。

「嘘を言っても無駄よ。ククルシアが子宮で感じてるのはバレバレなんだから」

吊っていた触手からは解放されたが、子宮は勢いよくそそり立ったまま、まるで勃起したペニスのように観衆にそのすべてをさらけ出してしまっている。

「みんなに見られて感じているんでしょう、ククルシアの一番恥ずかしいところ、ウフフ」

リリーナは自らの乳首をふくんで母乳を吸い、そのまま唇を子宮口に押し当てた。そしてチュルチュルと母乳を子宮内に注ぎ込んでくる。

「ンあひぃいっ！　何か入ってきて……あぁぁぁっ！　熱い……熱いですのぉ！　ぅああぁぁンンっ」

「ンフフ、私のミルクには催淫効果があるのよ。ほらほらもっと感じなさい」

さらに追加の母乳が子宮内に注入され、カアッと火が着いたように熱くなる。その間もパイズリが子宮を淫気で炙り続け、内と外からククルシアを責め立てた。

チュパチュパッ……ムニュムニュッ……クチュルルッ……モニュモニュウッ！

「あ、あぁぁ……こんなの……だ、だめなの……ンあぁぁぁ……も、もう入れないでなの……あぁぁ……中が……いっぱいで……熱いですぅ……ハアハア……ンはぁぁん」

催淫母乳が子宮の中に充ち満ちて、今にも暴発してしまいそう。ビクンビクンと腰が戦慄き、子宮もプルプルと脈打ちながらますます硬くそそり立っていく。

「ほうら、イっちゃいなさい、ククルシア」

子宮口に舌先をねじ込み、抜き差しを繰り返す。快美感が灼熱の杭となってククルシアの子宮を貫通した。

「アヒィィッ！　そこだめなのぉ……いやぁッ！　ンあぁぁ〜〜〜〜ッ！」

ブシャアアアアアアアッ！

注ぎ込まれていた母乳を噴き上げ、ククルシアは生まれて初めての子宮アクメに登り詰めてしまう。か細い手脚に痙攣が走り、可憐な乳首を光らせる薄い乳房が反り返った。

「ハアハア……あぁぁ……ち、力が……抜けて……」

シュイィィィンッ！

子宮淫紋が輝き、ククルシアは脱力した裸身をビクビク痙攣させた。

「ヒヒヒ、そいつはレベルを半減させる淫呪じゃよ。お前のレベルは９９９から５００にレベルダウンしたわい。お前らにも聞かせてやろう」

ゾドムの機械義眼がククルシアの状態異常を計測し、その内容が機械音声で城内に響く。

『ククルシアはレベルが下がった……ククルシアはレベルが下がった……ククルシアはレベルが下がった……』

『リリーナはレベルが上がった……』

「はあぁあ……そんな……ううう……」

元のレベルが高いだけに、レベルダウンの虚脱感は大きく、指一本動かせない。しかしレベルドレインで強化されたリリーナは休む間など与えてくれない。

「あぁん、レベルアップ気持ちイイ！　さあ、まだまだいくわよ」

嗜虐の快楽に目覚めたリリーナが、昂奮気味にすぐさまパイズリ責めを再開し、ディープキス。子宮全体に母乳ローションをまぶし込む。

「う、うあぁぁ……姉様、もうやめてくださいなの……ああぁっ」

「やめないわよ、ククルシア。私よりレベルを下にしないと気が済まないわ」

ピチャピチャ……シュルシュル……ピチャピチャァ……シュッシュッ。

子宮を執拗に扱き上げ、子宮口にディープキスを繰り返す。下から上に擦りながらさらに媚薬母乳も注入していく。女の本能を直撃する愛撫が聖巫女を徐々に狂わせて、ドクンドクンと熱い拍動が子宮いっぱいに満ちてくる。

「ンあぁ……あああ……また……はあはぁ……ダメですの……また、きちゃう……ああ……また、レベル……下がっちゃう……ンあぁ～～～～～ッ！」

ビュルルルルッ！　ビュクビュクビュクビュクゥ～～～ッ！

白濁母乳を子宮口から噴き上げ、再び絶頂に追い上げられてしまう。

「これでレベル２５０。もっともっと下げてあげる。最低のレベル１のザコにまでね」

『ククルシアはレベルが下がった……ククルシアはレベルが下がった……ククルシアはレベルが下がった……ククルシアはレベルが下がった……』

「ハアッ……ハアッ……あぁぁ……」

一気に２５０もレベルを下げられて朦朧とするククルシア。全身の力が抜けていく中で、子宮だけがピンと尖り立ったまま、さらなる責めを求めるようにジンジンと疼いていた。

「ここまで育てば、もう私の母乳なしでも子宮で潮吹きできるハズよ」

「素晴らしいですわ、リリーナ。ウフフ……子宮をこんなに勃起させるなんて、いやらしい子ね、ククルシア」

気がつくとリリーナに代わって、ヒルデガルドがククルシアに跨がる格好で仁王立ちしている。下着はつけておらず、卑猥に濡れた蜜花が、毒々しいまでの欲情愛液を滴らせながら口を開けている。

「ハアハア……か、母様……何を……」

「オホホッ。次はわたくしの番。このいやらしく改造されたオマンコで貴女のレベルを搾り取ってあげますわ」

Ｍ字開脚で娘の上に腰を降ろすと、貪欲な改造媚肉がククルシアの子宮をくわえ込み始めた。濃桃色の花びらがまだ幼い蕾を呑み込んでいく様は、背徳的で妖美な光景だった。

「ああ……母様！　いけませんっ……そんなのだめですのぉ！　あぁぁ〜〜ンッ！」

「はあぁぁっ……感じますわ……もの凄い力を……あぁぁ……イイ……たまりませんわ」

娘の悲鳴など一切無視して、堕ちた母は子宮を完全にくわえ込んでしまった。

「し、子宮を……呑み込んじまったぞ……母と娘なのに……」

「ヒルデガルド様が……あんなことをするなんて……」

異常すぎる母娘の交わりに国民たちは口をあんぐり開けて、言葉を失った。

「あぁぁぁんっ！　イイですわ、ククルシアの子宮チンポ！　はあぁん、感じちゃう！」

背徳すらも媚薬に変えて、ヒルデガルドは逆レイプの屈伸運動を開始する。蜜肉が貪欲に蠢いて子宮をキュウキュウと包み込んだ。

ジュポッ！　ジュポォッ！　ジュプジュプッ！　グッチュンッ！

「ああ、あああぁ〜〜〜っ！　か、母様ぁ……あぁぁっ……こんなのだめなのぉ……っ」

螺旋状の襞肉がピタリと吸いついて、雑巾絞りのように子宮を締めつける。常識を遥かに超える異常な肉悦に、ククルシアはヒイヒイと喉を絞っておとがいを突き上げた。ヒクヒク震える子宮が母の秘肉の中で一層大きく膨れ上がり……。

「アヒィィッ！　出る……また、出ちゃいますのぉっ！　あああぁぁ〜〜〜ッ！」

ブシャアァァッ！　ビュルルッ！　ビュクビュクビュクゥッ！

とどめようもなく、母の蜜奥に向かって禁断の潮を噴き上げてしまう。

『ククルシアはレベルが下がった……』『ヒルデガルドはレベルが上がった……』

「あぁぁぁぁんっ！　いいですわよ、ククルシア！　もっともっと出しなさい！　あぁぁん、貴女の生まれた穴に、大切なモノを吐き出してしまいなさいっ！」

ジュポッ！　ジュポォッ！　ジュプジュプッ！　グッチュンッ！

さらなる淫欲に突き動かされ、ヒルデガルドは騎乗位の腰を捻りながら過激に上下させる。黒髪がオーロラのように揺れ、ボリュームタップリの双臀が、娘のすべてを呑み込んでしまいそうな勢いで打ちつけられた。

「アアアァッ！　か、母様……もうやめてなの……あぁぁっ、子宮イクッ！　はぁぁ……これ以上されたら……死んじゃいますの……あぁあぁぁ……イクイク、子宮イキますのぉ～～～～っ！　あぁぁぁ～～～～～～～ッ！」

『ククルシアはレベルが下がった……』『ヒルデガルドはレベルが上がった……』

「だ、だめ、だめぇ……とまりませんの……あああぁっ……イクのが……止まりませんのぉぉっ！　あおぉぉっ……はあぁぁんんっ！」

プシャアアァアァッ！　ビュルルッ！　プシャアアァアァッ！

連続子宮アクメとレベルドレインによって、ククルシアは酩酊状態に追い込まれていく。肉も骨も魂も溶けて、母胎の中へ吸い込まれていくようだった。

「ヒィ……死んじゃうのぉ……あぁぁおぉ……っ」

白目を剥いて桃髪を振り乱し、ガクンガクンと全身を痙攣させる。ついには口から泡を吹いて、完全に意識を失ってしまった。

『ククルシアはレベルが下がった……レベルが1になった……』

　絶望を告げるゾドムの機械音声が響いた。

「休んでいる暇はないぞ、アージュクリスタル……いや、レベル1のザコ巫女よ。ヒヒヒ」

「ハア……ハア……あうう……」

　横たえられていた台座が垂直に起き上がり、ククルシアは空中に磔状態にされていた。

「あぁ……巫女様が……」

　外見は変わらずとも、かつてのククルシアから感じられた絶対無敵のオーラが消失し、今やひとりのか弱い童女に成り下がっていることが、ハッキリわかるのだ。国民たちに絶望と落胆の空気が広がっていく。

「ククルシア、トドメを刺してあげますわ」

「うう……母様……姉様……あ、あぁッ!?」

　正面に立った母と姉の姿に目を剥く。股間から禍々しい牡のような器官が生え伸びているではないか。

「これはゾドム様に改造していただいた子宮ですわ。産卵管になっていますのよ」

「これから貴女も私たちと同じアージュスレイブになるのよ」

　子宮脱して産卵管になった子宮をシュッシュッと扱きながら妖艶に微笑む闇の姉妹。濃桃色の胴部に桃紫色の襞が螺旋状に巻きつき、ドリルのようにそそり立っている。先端の子宮口からは歪んだ昂奮を示すように愛欲の雫がポタポタと滲み出していた。

「ウフフ、いきますわよ。母様のマンコに中出ししまくったいけない子宮チンポに、お仕置きですわ！」

突き出た子宮産卵管が娘の子宮に絡みつき、クチュクチュと愛撫する。

「ンあぁ、こんなのダメェ……あぁぁ……やめてください、母様……あぁん！」

ククルシアの子宮もそれに応えるように子宮口先端を母に押し当て、子宮口同士のディープキス。絡み合う子宮粘膜がクチュクチュと淫靡な音を響かせた。

「ヒヒヒ、抵抗は無駄じゃ。今のお前はレベル1のクソザコなのじゃからな」

ゾドムが呪文を唱えると、ククルシアの子宮に刻まれた淫紋が赤く明滅し始めた。もはや呪文や魔力に対する抵抗は完全に消えている。

「ンあぁぁ……そんな……母様の子宮が……わ、私の……子宮の中にぃ……入ってきますの……くぅあぁぁぁん！」

クチュッ……クチュッ……プチュルッ……クチュルルゥウッ！

淫紋の効果だろうか、ククルシアの意思を無視して子宮が口を開き、母の子宮産卵管を少しずつ迎え入れてしまう。それはまるでナメクジの交尾のような妖しさだ。

「ンあぁぁ……く、くるしい……こんなの入りませんの……あぁあぁっ！」

凶悪に改造された母の子宮は娘の倍近い大きさで、かなりの拡張を強いられる。

「あぁぁん、すごく気持ちがイイですわ、狭くてきつく締まって……とってもイイですわ！

ハアハアッ！」

淫紋が輝く娘の子宮を両手でガシッとつかむと、盛った牡獣のようにグイグイと腰を振り始めた。幼く窮屈な娘の子宮へ強引に押し入っていく。

「お、おおっ、おほおぉぉっ！　娘の子宮オナホ！　最高ですわぁ！　あぁぁっ……ほらほら、ククルシアも感じなさいっ」

ジュポッ！　ジュポッ！　ジュポッ！　ジュポッ！　ジュポッ！　ジュポッ！

「はひぃっ……ひうぅっ！　突かないで……アァン！　らめ、らめぇっ……子宮拡げないで……か、母様……あぁぁ、熱い……壊れちゃいますのぉ……あぁっぁ……あぁぁんっ！」

まるで性玩具のように扱われる恥辱にまみれるが、子宮内に入ってくる母の子宮の熱く、猛々しい感触に、次第に柔肉が蕩けだす。限界まで拡張される子宮口が痙攣しながら母を食い締め、子壺全体も柔軟に拡がりながらキュウッとしゃぶりついてしまう。

「はあ、はぁ……子宮の奥まで届きましたわぁ……あぁ……気持ちイイッ」

娘の子宮を串刺しにしてウットリ微笑むヒルデガルド。極太をくわえ込まされた蜜宮は伸びきって二回りは大きくなっているが、それでもヒルデガルドの産卵管は半分ほどはみ出している状態だ。

「ンあぁ……あああっ……母様、正気に戻ってなの……あああ……私たち、親子なのに……子宮でなんて……あ、あぁン……感じちゃダメなのに……はあぁん」

息苦しさと背徳感に心臓がキリキリと締めつけられるが、一方でジクジクと湧き出る夥しい愛液が子宮を伝わって太腿にまで垂れていく。苦しみも悲しみも絶望もすべてが肉の悦びへと書き替えられてしまい、目の前に桃色のベールが降りてきた。

「ククルシアだって、母様と子宮で繋がって感じてるくせに。ほら、顔を見せなさい」

リリーナが頭髪をつかんで巫女の幼顔を衆目に晒す。目尻をトロンと下げ、唇からは熱い吐息とともに涎が漏れている。恍惚の陶酔が浮かんでいるのは誰の目にも明らかだった。

「あんなことされて、感じてるのか？」

「巫女様も……いやもう、皇族全員変態エルフだったのかよ……」

神聖とされたハイエルフへの幻想を打ち砕かれ、国民の間に侮蔑の感情が生まれ始める。蔑むような視線を浴びせられて、ククルシアの心はズタズタに切り裂かれていく。

「可愛いわよ、ククルシア。もっともっと深く繋がりましょうね」

飛び出た子宮を巻き込むようにして、産卵管もろともククルシアの膣内に押し戻していく。

「あひゃぁん……あああぁ……お、大きい……大きすぎますのぉ……ンあああぁ……お腹裂けちゃいますのぉっ！」

子宮は倍近くに拡張されており、太さは大人の腕ほどもあるのだ。ギクンと背筋が反り返り、巫女少女の手脚が激しく硬直した。

「大丈夫よ。可愛いお腹がいっぱいになるまで、ぶち込んであげますわ」

ギュルルゥ〜〜〜ンッ！　ギュルルゥ〜〜〜ンッ！　ギュルルゥ〜〜〜ンッ！

「アヒィィィ～～～～～～～～～～～～～ッ！」

産卵管の螺旋襞が、波打つように蠢いて、まるでドリルが回転しているかのよう。メリメリと音を立てるようにして子宮がめり込んでいく様は掘削というのが相応しい。

「あひぃいん、しゅごい……母様の子宮チンポ……あぁぉぉ……オマンコこわれりゅぅ……あぁあぁっ……死んじゃう……あひゃあぁ～～～～～～～～～～～ん!!!」

ズブンッ！　ジュブジュブジュブゥ～～～～～～～ッ！

トドメの一突きで子宮はククルシアの中に収まり、お腹がボコォッと盛り上がる！

「ひぃいいっ!!　イクッ！　子宮イっちゃうぅ～～～～～っ！」

激しいアクメに顎が上向き、開ききった太腿の内側に腱を浮かび上がらせ、拘束された手指が拳を血が出んばかりに握り締める。爪先もギュウと丸まったり、反り返ったりを繰り返した。まさに串刺し処刑といった凄惨な光景に、観衆も静まり返る。

「オホホッ、初めての子宮セックスでイっちゃうなんて、いやらしい娘ですわね。これで全部、根元まで入りましたわよ。あぁぁ……とってもイイですわ」

「ハアハア……か、母様……ぅはぁ……あぁぁ……」

ガクッと頭が前に落ちる。激しすぎる責めに一瞬意識が途切れてしまったのだ。だが悪堕ちした姉妹に情など一切ない。

「失神している暇なんてないのよ」

背後からリリーナが産卵管化した子宮をアヌスにねじ込んでくる。

「う、うあぁ……姉様？　あぁぁ……そんな……同時になんてぇ……だめですのぉ……あぁぁ～～～～～～ンンっ！」

レベルダウンされた身体では抵抗できず、姉の淫棒に肛径を貫かれてしまう。母の子宮と姉の子宮とが薄膜を隔てて擦れ合い、快楽の火花を散らした。この世のモノとは思えない地獄の快楽責めに、官能中枢が焼き切れ、理性の壁がミシミシと軋んだ。

「あんなちっちゃい身体で二本もくわえ込んだぞ」

「子宮で繋がるなんて、変態すぎるわ」

「うあぁ……み、見ないでなの……あぁぁ……もう、ゆるして……あぁぁ……ま、またぁ……イクッ！　イクイクイクゥゥッ！」

前後から挟まれた身体をガクガクと痙攣させるククルシア。子宮アクメの絶頂がずっと持続して、降りてこれなくなってしまう。

「こういうのはどうかしら？」

ズルッズルッと産卵管を引き抜くと幼膣が捲り返り、再び子宮が引き出されてきた。

「ひぃあ、あああぁ……か、母様ぁ……またぁ……」

身体が裏返りそうな壮絶な快感に、ククルシアはヒイヒイと喉を絞って腰を振り立てる。母と姉に子宮で犯されるという異常な背徳近親相姦、それにすら快感を感じてしまう自分が恐ろしかった。

「オホホ、もっと狂いなさい。それっ！」

そこから反転し、一気に子宮ごと根元までぶち込む！

「ンあぁぁッ！　イクッ！　イクイクイクッ！　イグゥゥ～～～～～ッ！」

しゃあぁぁぁぁっ！　じょろろろぉぉっ！

子宮を串刺しにして脳天にまで突き抜けるアクメの衝撃に、たまらずオシッコを漏らしてしまう。引き出されてはぶち込まれる強烈な子宮姦の肉悦が、聖なる少女を一匹のメスへと狂わせていく。

「フフフ、ククルシアったら、もうイキっぱなしじゃない」

「こんないやらしい娘になってしまうなんて星界の巫女失格、変態の牝豚エルフですわ。ちゃんと皆さんに謝りなさい」

前後からズンズンと突き上げながら迫るヒルデガルドとリリーナ。

「うあぁ……み、みなさん……ごめんなさいなの……ああ……ククルシアは……巫女失格の……あぁぁ……変態牝豚エルフですの……あぁぁ……気持ちよすぎて……おかしくなっちゃうっ……あぁぁぁむ」

ワケがわからなくなったククルシアは桃髪を振り乱し、ヒイヒイ喘ぎながら腰を前後に揺すり始める。二穴から泡立ちながら溢れ出るのは、白く濁った本気汁だ。

「あっ、あぁぁん……か、母様……こ、これ以上は……もう……」

「ウフフ、感じてるのね、ククルシア……ハアハアンッ！　今から機性蟲の卵を孕ませてあげるわ」

「ウフフ、孕んでゾドム様の奴隷になると誓うのですよ」

母に子宮を突き上げられ、姉に直腸を抉られ、ククルシアの華奢な身体が上下に激しく揺さぶられる。一瞬身体が浮き上がるほどの荒々しさで、鎖がカシャカシャと鳴った。

「ンああひぃっ……もうだめ……だめなのぉ！」

ズーンズーンと食い込む二本の杭から、快美の炎が噴き上がり、竜のように絡み合いながら肉という肉を焼き尽くしていく。非力な幼女に落とされた今のククルシアに堪えられるハズがなかった。

「あああ……ち、誓いますの……あぁ……ゾドム様の……奴隷として……あぁ……一生死ぬまで……尽くすことを……ち、誓いますの……だから……卵を、孕ませてください……イクゥッ！」

被虐の悦びにドップリと浸かった童顔を仰け反らせ、登り詰めていく。汗にまみれ、のたうつように身悶える身体からは、とても少女とは思えない妖艶な色香が匂い立っていた。

「ウフフ、いい子ね、ご褒美をあげますわ」

歪んだ愛情にそそり立つ産卵管が、娘の子宮内でクパアッと口を開き……、
ドビュルッ！　ドピュドピュドピュゥ〜〜〜ッ！

「あひぃぃぃっ！　熱いぃ……お腹の中、熱いですのぉ……っ」

聖少女を完全に堕落させる邪悪な卵が次々に撃ち込まれた。

「こっちもいくわね！」

同時に腸内にも卵が産み落とされ、くびれの少ないお腹が見る見る妊婦のように膨らんでいく。

「はひぃぃっ！　イクイクイクッ！　イっちゃいますのぉ～～～～～～～～ッッ」

ブシャアアァァァァッ！　パシャパシャパシャアアァッッ！

潮を噴いて海老反りになり、ガクンガクンと汗濡れたボテ腹の妖精ボディを痙攣させる。

「ああ……ククルシア様まで堕とされた……」「もうエルフィーヌは終わりだわ……」

エルフィーヌの民の間に絶望が広がっていく。その一方で……。

「ああ……ン……もっと……母様ぁ……もっとなのぉ……♥」

背徳の愉悦に蕩けきったあどけない童顔には幸福そうな笑みが浮かんでいた。


半年後。レイアード聖堂内。そこは腐臭漂う肉触手の牢獄へと変貌していた。

「お、ほぉぉぉっ……イキます……ンあぁぁ……あなた、またぁ……卵、産んでイキますわぁ……あぁおおぉぉぉうん！」

「はひぃぃんっ！　産まれりゅうっ……卵どんどん産まれちゃう……イクイクイクゥ！」

「あぁぁむ……また……卵、産まれちゃいます……卵でイっちゃいますのぉ……っ」

ブリュッ！　プシャアァァッ！　ブリュウウゥッ！

愛液と牝潮をまき散らしながら、鮮やかな桃色粘膜を捲り返らせて産卵するエルフの花嫁たち。ここに囚われて以来、彼女たちは延々と淫機卵を産卵させられ続けていた。

「ヒヒヒッ、いい眺めじゃ……最高の気分じゃわい」

高貴なハイエルフ皇族の姉と妹、さらにその娘……最強の神殻戦姫であり、エルフィーヌの宝石と称えられた美女と美少女たちが、今や家畜のように繋がれ、産卵奴隷へと堕ち果てている。すべてを奪い尽くしたという高揚感が海綿体をさらに熱く勃起させた。

「お前たちのお陰で、大神ズォム様の復活の儀式は順調じゃよ」

手にした淫機卵をペロリと舐め上げてニンマリ嗤う。

神殻戦姫たちが産み落とした卵は強力な精力剤となって、大神ズォムを復活させる糧となっていた。ジン王子も女体化改造され、もうすぐここに加わる予定だ。

「儂の身体もズォム様と一体化しつつあるのじゃ。オオオオゥッ！　力が漲るわい」

ゾドムの機械化ペニスが巨大化しつつ、さらにヒドラの頭のように複数に分裂した。

「まとめて可愛がってやるわい。これまで何個産んだか報告するのじゃ」

三人の産卵直後の熟れた媚肉に、極太触手がズブズブとねじ込まれていく。彼女たちには一人一日三〇個以上というノルマが課せられているのだ。

「うあ、あぁぁ……ハイ、ゾドム様ぁ……今日までに……五四一五個産みました……ああ……掻き混ぜられて……オマンコ開いちゃいますわ……あぁぁぁ……イイッ」

「リリーナは……五三一二個です……はぁあ……孕みマンコに……チンポがズンと響いて……たまんない……あぁぁン」

「あひゃぁん……ククルシアは……四九六五個です……あぁむ……ゾドム様のデカチンポ

が……赤ちゃんの部屋に当たってますのぉ……はぁぁん」

ジュブッ……ジュブッジュブッ……ジュブゥッ……ヌプヌプッ……グチュンッ！

卑猥な三重奏が淫獄に鳴り響く。連続産卵で疲れ切っているはずなのに、牝に堕ちたエルフ姫たちはたちまち発情状態に追い込まれ、甘い声で喘いでは、腰をクネクネと振り始めた。どんなにいやでもどんなに疲れていても、肉体は快楽を貪ってしまう。そういう身体に改造調教されてしまったのだ。

「ヒヒヒ、メスどもめ。ヨガッてばかりおらんで、もっと産むのじゃぁ」

さらに分裂した触手ペニスが、家畜花嫁たちに群がっていく。

ヒルデガルドの肛門に、リリーナの乳首に新たな触手ペニスが撃ち込まれ、ククルシアの蜜壺に埋まっていた男根触手がさらに深く子宮にまで侵入する。抉るような動きと高速ピストンで刺激して、産気づかせるのだ。

「あぁあっ！　そこ、イイッ……ケツマンコ感じちゃいますわぁ……ああぉぉん♥」

「あひぃっ、乳首マンコ……ズボズボされて……ぅああ、たまんない……おほぉうっ♥」

「ゾドム様のチンポ、子宮に入ってきてますのぉ……ああ……卵、掻き混ぜられてりゅぅ……はひぃい……あう、あぁぁうん♥」

皇族の矜持も誇りもかなぐり捨てて、汗まみれの裸身をくねらせながら、獣じみた快楽にのめり込んでいく。全身がブルブルと震えだし、切迫した息づかいが繰り返された。

「ああン、ゾドム様……あうぅ……お尻の穴から……卵……産みますわ」

「ハアハア……私も……乳マンコから……あぁぁ……産みますぅ」

「あ、あぁん……でっかい卵ぉ……産まれちゃいますのぉ……あきゃぁぁっ」

　ブリュッ！　ブチュルッ！　ジュポォオンンッ！

「「「アヒィィィィ～～～～～ッッ！　イクイクイクゥ～～～～～～～～～ッ」」」

　卵を産み落としながら、連続絶頂に登り詰める三人の神殻戦姫。頭の中は産卵の法悦に埋め尽くされ、卵を産む機械へと成り下がっていく。産卵の快美はさらなる絶頂を呼び起こし、それがまた産卵を促す。無限に続く快楽絶頂ループだった。

「おほおおぉぉっ！　イクイクイクッ！　アナル産卵、イグゥゥッ♥」

「あひゃあぁぁん……もうらめ、また産まれてぇ……あああ、イクゥ♥」

「ああぁ……また卵産んじゃう……イクイクゥッ！　四九六六個目……産んじゃいますのぉ……あきゃあぁぁ～～～～～ンっ」

　身体中の孔から次々に卵をヒリ出し、産み続ける神殻戦姫たち。

「このペースならゾドム様の復活まであと三年ほどか。頑張ってもらうぞ。ヒヒヒッ！」

「ああ、イキますわぁ！」「あひぃ、イクイクイクゥ！」「あぁぁ、イッちゃいますのぉ！」

　ゾドムの恐ろしい予言を聞きながら、いやその意味すらもうわからなくなって、皇女たちは永遠とも言える快楽の地獄に堕ちていくのだった……。

あとがき

筑摩です。拙作にお目通しいただきありがとうございます。

昨今本もゲームもどんどんデジタル化が進んでおり、そちらが主力になりつつあります。

便利な反面、何かあったら一気に規制されてしまいそうでちょっと恐いところもありますが……。

それはともかく、読みやすさや実用性など、デジタルの良さを活かした作品作りというものを模索していきたいと思っております。時代に適応できなければ、生き残れないですから。

最後にｕｍｉＨＡＬ先生、エロ可愛いリリーナたちを描いてくださりありがとうございました。

囚われた美少女捜査官
神代さくら
かみしろ
THE COMIC
筑摩十幸原作の
リアルドリーム文庫人気作が
シリーズコミック化!
成年コミック
二次元ドリームコミックス
漫画:助三郎
原作:筑摩十幸
キャラクター原案:孤裡精
各種DL書籍販売サイトにて
好評配信中
KTC 編集・発行 キルタイムコミュニケーション

神殻戦姫アージュスレイブ
～淫紋に堕ちるエルフ姉妹～

2021年12月30日　初版発行

【著者】
筑摩十幸

【原作】
桜沢大

【発行人】
岡田英健

【編集】
田畑吉康

【装丁】
マイクロハウス

【印刷所】
図書印刷株式会社

【発行】
株式会社キルタイムコミュニケーション
〒104-0041　東京都中央区新富1-3-7ヨドコウビル
編集部　TEL03-3551-6147／FAX03-3551-6146
販売部　TEL03-3555-3431／FAX03-3551-1208

禁無断転載 ISBN978-4-7992-1560-9　C0293

本書は『二次元ドリームマガジン』vol.115～116に掲載し、
書き下ろしを加えて書籍化したものです。

KTC KILL TIME COMMUNICATION

本作品のご意見、ご感想をお待ちしております

本作品のご意見、ご感想、読んでみたいお話、シチュエーションなどどしどしお書きください！
読者の皆様の声を参考にさせていただきたいと思います。手紙・ハガキの場合は裏面に
作品タイトルを明記の上、お寄せください。

◎アンケートフォーム◎ **https://ktcom.jp/goiken/**

◎手紙・ハガキの宛先◎
〒104-0041 東京都中央区新富 1-3-7 ヨドコウビル
(株)キルタイムコミュニケーション　二次元ドリームノベルズ感想係